이문구

이문구 지음

청소년이
읽 . . 는
우리 수필

06

돌베
개

기획위원

김윤태 서울대학교 인문대학 국어국문학과 및 동 대학원 졸업(문학박사).
현재 한신대학교 학술원 연구원. 민족문학사학회 이사.
저서 :『한국 현대시와 리얼리티』.

채호석 서울대학교 인문대학 국어국문학과 및 동 대학원 졸업(문학박사).
현재 한국외국어대학교 사범대학 한국어교육과 교수. 민족문학사학회 이사.
저서 :『한국근대문학과 계몽의 서사』,『문학의 위기, 위기의 문학』.

김경원 서울대학교 인문대학 국어국문학과 및 동 대학원 졸업(문학박사).
현재 서울시립대학교 · 인하대학교 강사. 민족문학사학회 연구원.
논문 :「1945~1950년 한국소설의 담론양상 연구」등, 역서 :『마르크스 그 가능성의 중심』등.

박성란 경기대학교 인문대학 국어국문학과 졸업. 인하대학교 대학원 박사과정 수료.
현재 인하대학교 강사. 민족문학사학회 연구원.
논문 :「허준 연구」등.

이문구 —청소년이 읽는 우리 수필 06
이문구 지음

2004년 10월 15일 초판 1쇄 발행

펴낸이 한철희 │ 펴낸곳 돌베개 │ 등록 1979년 8월 25일 제406-2003-018호
주소 (413-832) 경기도 파주시 교하읍 문발리 파주출판도시 532-4
전화 (031)955-5020 │ 팩스 (031)955-5050
홈페이지 www.dolbegae.com │ 전자우편 book@dolbegae.co.kr

편집장 김혜형
책임편집 이경아 │ 편집 김희동 · 박숙희 · 윤미향 · 서민경 · 김희진
디자인 이은정 · 박정영 │ 인쇄 · 제본 영신사

ISBN 89-7199-195-X 04810
      89-7199-168-2 04810(세트)

책값은 뒤표지에 있습니다.

이 도서의 국립중앙도서관 출판시도서목록(CIP)은 e-CIP 홈페이지
(http://www.nl.go.kr/cip.php)에서 이용하실 수 있습니다.(CIP제어번호: CIP2004001734)

이
문
구

청소년이
읽 ‥ 는
우리 수필

06

'청소년이_ 읽는_ 우리_ 수필'을_ 펴내며_

컴퓨터와 인터넷이 우리 삶 속으로 깊숙이 들어온 오늘, 책 읽기는 한편으로 밀려난 듯합니다. TV나 영화 같은 영상 매체가 우리의 감성을 지배한 지 이미 오래입니다. 또 전자 게임이나 애니메이션, 또는 VTR이나 DVD 영상 매체 등이 특히 청소년의 정서나 감각에 지대한 영향을 미칩니다. 그래서 이른바 영상 세대로 불리는 오늘날의 청소년은 문자보다는 이미지로 자신을 표현하는 데 더 익숙합니다. 그런 만큼 청소년들은 책을 통해 지식이나 정보를 얻는 것보다 영상을 통해 얻는 것이 더 편안하고 쉽다고 생각합니다. 그렇다고 청소년의 독서 능력이나 이해력이 곧바로 떨어진다고는 할 수 없지만, 아무래도 예전보다 책을 덜 읽는다는 사실은 부정하기 어려울 것입니다. 오늘날은 지식과 정보를 받아들이는 경로가 그만큼 다양해졌기 때문입니다.

이러한 상황에서 더욱 중요한 것은 정보의 처리 방식입니다. 어떤 경로를 통해 정보를 얻든, 그 정보를 체계화하고 논리화해야 할 필요가 있습니다. 그런데 정보의 체계화는 기본적으로 다양하고 풍부한 정보의 축적과 저장이 있어야 가능합니다. 다시 말해, 많이 보고 많이 듣고 많이 생각해야 한다는 것입니다. 이 말은 글쓰기의 3요소라 불리는 다독(多讀), 다작(多作), 다상량(多商量)과 비슷합니다. 그 중에서도 가장 기본은 많이 읽는 것입니다. 그만큼 독서가 중요합니다.

오늘날 청소년들은 입시 제도의 중압으로 고통받고 있습니다. 교과서 밖에 나오는 글이나 생각에 눈을 돌릴 겨를이 없다고 합니다. 입시에 필요한 지식과 정보만을 취할 뿐, 그외의 것에는 관심조차 두지 않는 실정입니다. 그러나 그렇게 얻은 지식은 눈앞의 목표에는 쉽게 이르게 할지 모르나, 광대하고 심오한 인류의 유산이나 새로운 미래의 세계를 이해하는 데는 별로 도움이 되지 않습니다. 그리고 궁극적으로는 자신을 좁은 세계에 가두고 맙니다. 폭넓은 독서를 통해 세상을 더 넓게, 더 깊게 이해하는 눈을 가져야 합니다. 우리는 이런 점에 주의를 기울이면서 청소년이 쉽고 재미있게 책과 친해질 수 있도록, '청소년이 읽는 우리 수필'을 기획했습니다.

많이 읽는 것도 좋지만, 좋은 글을 가려 읽는 일도 중요합니다. 세상에는 청소년들이 알아야 할 것이 너무도 많습니다. 하지만 그 가운데 어떤 것이 좋은가를 알아차리기는 쉽지 않습니다. 그만큼 독서의 방향과 내용(질) 또한 중요합니다. 개인의 취향이나 관심에 따라 읽으려는 자료와 그 내용이 저마다 다를 것입니다. 역사나 경제에 관심이 있는 사람이 있는가 하면, 과학이나 기술에 더 흥미를 느끼는 사람도 있습니다. 그러나 어떤 분야에 관심을 두든, 누구나 즐기고 또 알아 두어야 할 것이 있습니다. 그것을 일컬어 흔히 '교양'이라고 하는데, 거기에는 아름다움, 지혜 또는 진리나 선(善), 정의 등의 가치가 담겨 있습니다. '청소년이 읽는 우리 수필'을 통해 바로 이 같은 가치를 청소년들이 발견하고 느끼고 맛볼 수 있기를 기대합니다.

수필은 여러 문학 장르 가운데 누구나 쉽고 편하게 접근할 수 있는 장르입니다. 시나 소설, 드라마 같은 문학 장르들이 일정한 예술적 장치를 통해 우리 세상의 굽이굽이를 펼쳐 보여 주는 반면, 수필은 특별한 장치나 기교 없이 생활의 숨결과 느낌을 전해 주기 때문입니다.

이 기획은 우리나라 근현대의 수필 작품들 가운데 가장 빼어나고 청소년의 눈높이에 맞는 글들을 가려 뽑아 작가별 선집 형태로 묶어 낸 것입니다. 여기에는 과거 일제 식민지 시대에 아름다운 문장으로 우리말과 글을 지켜 온 지식인 문인들도 있고, 비판적 지성과 실천적 행동으로 굴곡진 우리 현대사의 전개를 바로잡기 위해 애썼던 분들도 있습니다. 이들의 삶과 생각이 진솔하게 드러나 있는 아름다운 글과 문장이 오늘을 사는 청소년들의 가슴과 머릿속에 깊이 아로새겨지기를 희망합니다.

계속 좋은 수필과 좋은 문인들을 만날 수 있는 자리를 마련하도록 애쓰겠습니다.

기획위원

차례

제1부 이야기책과 애늙은이

제2부 우리 동네 시대

일러두기

1. 이 책은 이문구의 산문 가운데 청소년의 눈높이에 맞는 글들을 가려 뽑아 수록한 것이며, 각 글의 출처는 따로 밝히지 아니하였다.
2. 4부로 나뉘어 실려 있는 글들은 내용에 따라 나눈 것이며, 실은 순서는 발표 순서와는 무관하다.
3. 띄어쓰기와 맞춤법은 현대 표기법에 따랐으며, 작가의 개성이 드러난다고 인정되는 경우에만 당대 표기 및 사투리를 그대로 옮겼다. 외래어 지명, 인명, 낱말 등은 원칙적으로 현대 외래어 맞춤법에 따랐으나, 원문에 인용된 시의 경우는 띄어쓰기와 맞춤법 모두 원문의 표기에 따랐다.
4. 청소년들의 이해를 돕기 위해 일부 단어는 한자를 병기하여 그 뜻을 명확히 하였다. 병기한 한자의 음이 한글과 다른 경우엔〔 〕를 사용하여 구분하였다.
5. 의미가 달라지지 않는 범위 안에서 문장 부호(마침표, 쉼표, 물음표, 느낌표 등)를 약간 조정하였다.
6. 내용상 뜻풀이나 보충 설명이 필요한 단어의 경우 본문에 *를 표시하고 책 뒤에 용어 사전을 달아 이해를 도왔으며, 설명이 짧은 경우 본문 옆에 작은 글씨로 적어 넣었다.
7. 이문구의 생애와 문학적 의미에 관하여 이 책의 마지막에 약전을 붙여 독자의 이해를 도왔다.

마을꾼들은 가만히 들어야 할 데서는 가만히 듣고, 우스운 대목에서는 열두 가지 소리로 웃어 대고 하면서 여간 재미있어하는 것이 아니었다. 우습다고 웃기만 하고 마는 것도 아니었다. 가끔가다가 "얼라, 저런 육시럴늠, 지랄허구 자빠졌네" 하거나 "어메, 저런 급살 맞을 년이 워딧다" 하고 소리꾼의 소리에 추임새를 넣듯이 장단까지 쳐 가면서 재미있어하는 것이었다.

제1부 이야기책과 애늙은이

이야기책과 애늙은이

어려서 아무것도 모를 때 읽은 책치고 감동스럽지 않았던 책이 어디 있었던가. 게다가 어려서 입은 상처와 고통과 고독을 다독거려 준 책이라면 더욱 각별할 수밖에 없는 일이 아니겠는가.

그런데 나는 철부지 때에 책에서 받은 감동이라도 남하고는 약간 색다른 데가 있었다. 아니, 책에서 받은 감동이 색다른 것이 아니라 감동을 준 책에 색다른 데가 있는 셈이었다.

나는 또래보다 늦되는* 축이라, 교과서가 아닌 책을 찾아다니면서 읽는 재미를 안 것은 나이 열두서너 살, 국민학교(초등학교) 4~5학년 어간의 일이었다. 전쟁이 겨우 꺼끔해진* 무렵이었으니 교과서가 아닌 책을 구경하기가 지나가다 점잖은 상이군인*을 만나 보기만큼이나 어렵던 시절이었다.

그런데도 책이 있었다. 그것도 낮에는 만날 집을 비우는 동네의 외

딴 오막살이에 가지런히 쌓여 있었다.

쥔은 늘 양반 가문을 자처하는 뚱뚱이 최씨였다. 그는 후미진 산기슭에 상엿집*만 하게 펫장*을 떠다 바람벽을 친 오막살이에서 요강 버릴 만한 밭 한 뙈기 없이 마누라 손에 지내면서도, 생전 손에 흙 한 번 묻히는 법이 없이 신선놀음으로 살았다. 마누라는 삼동네*의 들무새* 노릇으로 뼈에서 소리가 나도 그는 남이 다 하는 머슴살이며 품팔이는 고사하고 웃느라고 빈 지게 한 번을 져 본 적이 없는 상전이었다. 뒷짐을 지거나 팔짱을 끼거나 소매 속에 팔짱을 지르는 것이 양반 체통인 까닭이었다. 그렇지만 노는 날은 있어도 쉬는 날은 없었다. 남의 집 신행新行*에 후행後行* 가기, 남의 집 대사大事에 집전執典*하기, 남의 집 급사急事에 전인專人*하기를 즐기기 때문이었다. 다리품을 즐긴 것이 아니라 두루마기 차림으로 돌아다니기를 좋아하고, 그런 일에는 대개가 가나오나 술상이 나오기 때문이었다.

날이 궂거나 동네에서 술이 나올 데가 없는 날은 문지방을 베고 누워서 책을 보았다. 기어들고 기어 나는 쥐구멍 같은 방이라 문짝을 열고 문지방을 베지 않으면 책을 볼 수가 없는 탓이었다.

그가 없는 날은 내가 그 문지방에 걸터앉아서 시간 가는 줄 모르고 그가 보던 책을 보았다. 떠오르는 대로 주워섬기면 『유충렬전』*·『옥단춘전』*·『임경업전』·『장화홍련전』·『콩쥐팥쥐전』·『심청전』·『옥낭자전』*·『명사십리』*·『추풍감별곡』* 등 책 껍데기가 울긋불긋한 이야기책들이었다. 지금 생각하면 무슨 재미로 읽었던가 싶지만, 그때는 그나마도 책이라고 남한테 애늙은이 소리까지 들어 가면서 한번 붙들면 끝장을 보아야 일어났고, 농사철에 집일이 바쁘거나 하면 책을 집으로 가져와서 밤에 읽는 것도 한 재미였다.

그 무렵의 우리 집은 저녁마다 마을의 온 아낙네들로 밤이 이슥토록 대문을 걸지 않았다. 우리 집이 동네 아낙네의 마을방으로 바뀐 데에는 몇 가지 이유가 있었다. 첫째는 사랑이 비어서 아무나 어렵성 없이 드나들 수 있게 된 것, 둘째는 집에서 모시를 하여, 밭에서 베어 온 모시풀을 일일이 손으로 꺾은 다음 겉껍질에서 속껍질을 벗기는 고된 일을 달포에 한 번꼴로 되풀이하는 어머니의 일을 거들어 주려는 것, 셋째는 본사가 군산에 있었던 남선전기주식회사만 그랬던 것은 아니겠지만, 전기가 하룻밤에도 열두 번씩 나가는 데다 집집마다 기름을 닳리지* 않으려고 초저녁부터 등잔을 끄고 사는 바람에, 숟가락을 놓기가 바쁘게 마을*을 오는 게 일이었던 것.

그렇게 저녁마다 마을의 꾼들이 모여들어서 대청이나 툇마루 한번을 건너가려면 여러 아낙네가 앉음새를 고쳐야 하고, 신발을 신을 때도 어지러이 널린 남의 신짝을 이리저리 밟고 다녀야 했지만, 그렇다고 해서 그 자리가 노상 밤 가는 줄 모르게 구순하기만* 했던 것은 아니었다.

그때는 내남 없이* 살림이 째서 끼니때가 되면 다음 걱정으로 목이 안 넘어가던 시절이었다. 또 이야깃거리도 '있어 사는 사람' _(충남 방언) 들에게나 사는 만큼 있지, 없이 사는 사람들은 이야깃거리도 궁하게 마련인 모양이었다. 우리 집에 오는 마을꾼들은 오는 이마다 이야기 보따리를 풀어놓는 것이 아니라, 못다 한 푸념이나 하나 마나 한 넋두리를 늘어놓는 것이 일이었다. 하기는 푸념이고 넋두리고 어디 가서 늘어놓을 데가 없고, 늘어놓아도 들어 줄 사람이 없어서 만날 우리 집을 찾은 터이니, 이야기 아니라 연설을 한대도 고작해야 신세타령일 수밖에 없는 일이기도 했다. 그러다 보니 어떤 날은 저마다 자물통만 있고 열쇠는 오다가 빠뜨리고 온 사람들처럼, 중간에 입이 한번 한일 자가 되면 그대로 한일자 하나만 문 채, 마치 삯일로 온 품꾼들 모양 일만 죽어라고 추어 주고 가는 날도 보기 드문 일이 아니었다.

하루는 숙제가 밀려서 그러는 척하고 방구석에 엎드려 있노라니,

"쟤는 저녁에 건건이를 싱겁게 먹었나, 왜 저리 싱겁게 웃어 쌓는다?"

지청구_{무지람}도 아니고 타박_{편잔}도 아닌 말이 마루에서 들렸다. 이야기책이 우스워서 웃는다고 하니, 그렇거든 혼자 웃지 말고 여럿이 듣게 한번 소리 내어 읽어 보라고 성화를 대는 것이었다. 물론* 최씨네 집에서 집어 온 그 '뎐' 자가 붙은 육전 소설*이었다.

나는 무슨 책이나 묵독을 해야 머리에 들어오는 터여서 대답이 선선할 수가 없었지만, 또 그것을 꺼려서 싫은 내색으로 벋버듬할* 계제*

도 아니었다. 돈 취하러 온 사람 앉혀 놓고 취해 줄 돈이 없어서 무색해진 자리처럼, 다들 따분한 얼굴로 앉아서 일만 하고 있는 것도 그리 보기 좋은 장면이 아니었기 때문이었다.

나는 문지방 너머에 앉아 마루 끝에 매달린 흐릿한 13촉짜리 전등불에 비추어 가며 유창하게 읽었다. 활자가 교과서 갈피에 있는 제목만큼씩이나 하게 굵어서 행여 달빛에 읽더라도 더듬을 데라고는 없던 책이었으니까.

마을꾼들은 가만히 들어야 할 데서는 가만히 듣고, 우스운 대목에서는 열두 가지 소리로 웃어 대고 하면서 여간 재미있어하는 것이 아니었다. 우습다고 웃기만 하고 마는 것도 아니었다. 가끔가다가 "얼라, 저런 육시럴늠, 지랄허구 자빠졌네" 하거나 "어메, 저런 급살 맞을 년이 워딧댜" 하고 소리꾼의 소리에 추임새를 넣듯이 장단까지 쳐 가면서 재미있어하는 것이었다. 대청이고 툇마루고 말짱 과부 아니면 생과부판인 데다, 이야기책의 이야기라야 멀쩡한 본계집 놔두고 초년 과부 넘보는 수작이 아니면 중년 과부 서방 해 가는 얘기요, 노리개첩˚이 둥글개첩˚으로 들어앉거나 주사酒肆 청류靑樓에 문전옥답 올려 세우는 얘기˚가 아니면 얘기가 아니 되고 있었으니, 그렇잖아도 육장六臟 며게(격에 차 있던)(온 몸에 가득 차 있던) 욕 핑계 좋아 퍼대더라도, 암만이고 남우세스럽지 않게 퍼댈 수 있다는 데에 더 재미를 느꼈는지도 모를 일이었다.

어느덧 최씨네 집에 있던 책도 그럭저럭 다 떨어지고, 바야흐로 내가 더 먼저 따분하게 되어 갈 즈음이었다.

어느 날 하학 길이었다. 누구라고 하면 죄다 야 하던 집의 아이 하나가 부득부득 저의 집에 가서 놀다 가라고 붙잡는 것이었다. 마지못해 따라가 보니 그 아이 책상 밑에 웬 책 한 권이 천덕꾸러기가 다 되어 굴러다니고 있었다. 장판이 상하지 않도록 끓는 그릇이나 쇠붙이 따위를 받쳐 놓는 데에 쓰인 듯한 책이었다. 나는 눋고 피이고 흘리고 하여 시늉만 남은 거죽에 에멜무지로* 집어 들었다가 단박에 눈이 번했다*. 보니 『춘향전』·『홍길동전』·『흥부전』·『사씨남정기』가 함께 실려 있는 책, 그러나 활자가 잔 것하며, 괄호 속의 한자가 괄호 밖의 한글만큼 많은 것하며, 대화를 모두 딴 줄로 떼어 놓은 것하며, 그때까지 읽은 이야기책하고 영 딴판인 처음 보는 '소설책'이었던 것이다.

나는 그 책을 빌려서 중동무이* 했던 낭독을 재개하였다. 마을꾼들의 반응도 이야기책에다 댈 것이 아니었다. 내용 자체가 한결 재미있으니 열 번 당연한 노릇이건만, 나는 내 낭독에 수단이 나서 그러는 줄 알고 더욱 신명을 내어 읽었다. 신명만 낸 것도 아니었다. 되도록이면 듣기 좋게 읽었다. 좌중에 남의 집 측실이 있으면 첩이니 첩년 대신 소실이나 작은마누라로 바꿔 가면서 읽었고, 어려서 천자문이나 떼었다고 한자로 된 유식한 말도 어느 말로 풀어 가면서 알아듣게 읽었다.

앞에서 '남하고는 약간 색다른 데가 있었다'고 한 것은, 이 이야기 책과 고대 소설을 먼저 지나고 현대 소설로 접어든 과정을 말한 것이었다.

나는 내 글에 대해서 아직 이렇다 할 이론이 없다. 마찬가지로 이 과정이 내 글에 어떤 영향을 끼쳤는지도 무엇이라고 말할 거리가 없다.

그러나 뒤에 특히 채만식의 『태평천하』를 재미있게 읽는 데에는 얼마간 미친 바가 없지 않았을 것이란 짐작은 막연하게나마 하고 있다.

남의 소설을 읽다 보면 썩 재미있는 소설이라고 해도 그 재미의 내용이, 작가의 출신 지역에 따라 남북간에 두동지는˚ 것이 아닌가 하는 생각이 들 때가 있다. 재미가 있어도 그 재미가 줄거리에 있는 소설이 있고 말이나 문장에 있는 소설이 있으며, 대개 관북·관서·해서 지방 출신의 소설은 전자에, 그 이남 지역 출신의 소설은 후자에 속하는 것이 아닌가 하는 생각이 든다는 것이다. 그리고 그것을 처음으로 느끼게 한 것이 곧 『태평천하』˚였다.

나는 이 작품을 20세 때 읽었다. 1958년에 낸 민중서관의 『한국문학전집』 가운데의 하나로, 나온 지 3년이나 지나서 헌책방에 낱권으로 돌아다니던 것을 순전히 싼 맛에 사 보게 된 것이었다.

나는 이 작품을 어떤 소설이라고 말해야 좋을는지 통 요령부득˚이었다. 처음 읽었을 때만 그랬던 것이 아니라 세월이 이렇게 흐른 뒤에도 여전하였다. 그러다가 접때서야 최시한 씨의 『가정 소설˚ 연구』
에서 "묘사보다 서술이 우세하고 보여 주기보다 말해 주기의 방식을
취하는 채만식˚ 소설 가운데에서도 유독 이 작품은, 서술 대상 이전에
대상에 대한 서술자의 풍자적 서술 행위"(보수 이념의 풍자 구조/태
평천하)라는 설명으로 비로소 떠오르는 것이 있게 되었다. 묘사보다
서술이 우세하고 보여 주기보다 말해 주기의 방식을 취했던 것은, 채
만식 이전에 이야기책이나 고대 소설의 한 전통이 아니었던가 하고
생각한 것이었다.

　　그러나저러나 나는 북도 출신들이 아무리 능라도˚를 그림같이 그
려 내고 을밀대˚를 중창하듯이 단청˚해 놓았더라도, 소설은 그렇게 써
야 하는가 보다 하고 예사롭게 넘어간 반면에, 윤직원 일가의 단체 사
진을 비롯하여 식구대로 증명사진을 찍어 가면서 '말해 주는' 채만
식의 말에는, 그것이 비록 "그렇게 즘잖 놓았다가넌 논 팔어 먹것네"
니, "착착 깎아 죽일 놈"이니 하는, 그악스러운 지주 집안의 상스러운
'구습' 口習(입버릇)을 근저당 根抵當해 놓고 쓰다시피 했더라도(『태평천
하』에 "이 집안은 싸움을 근저당해 놓고 씁니다"라는 구절이 있다.)
'말해 주는 글'이 아니라 '보여 주는 육성'을 읽은 셈이었다.

　　이 작품을 재미있게 읽은 데에는 일찍이 이야기책이나 고대 소설
을 낭독하면서 문장의 호흡과 가락의 맛을 느껴 본 장단 외에 두어 가
지 이유가 더 있다.

하나는 내 어렸을 때만 해도 내 고향 보령이 논산·서천·부여와 함께 채만식과 윤직원 영감의 고향인 군산 문화권에 들어 있었다는 것이었다. 일테면 미두米豆로 가산家産을 거덜 낸 사람도 『탁류』濁流의 정 주사와 더불어 군산의 미두장에서 두 손 탁 털었을 뿐 아니라, 고향을 떠날 때까지 고무신도 운동화도 세상에 군산 만월표밖에 없는 줄 알았을 정도로 상권마저 군산에 있었으며 어업과 교육 역시 군산에 의지하는 바가 적지 않았던 것이다.

따라서 금강을 건너 이사를 다니는 집도 많았다. 금강 건너로 시집 가고 장가간 사람이 그만큼 많은 탓이었는지도 몰랐다.

그러므로 말투가 비슷하거나 같이 쓰는 방언이 많은 것도 당연한 일이었을 것이다. 『태평천하』에 나오는 애여(아예)·지천(꾸중)·워너니(원체)·시들부들(흐지부지)·빈들빈들(빙글빙글)·충그리다(지체하다)·갱기찮다(괜찮다)·걸걸하다(자꾸 욕심내다)·~체껏(~된 몸이)·~간듸(~는가) 따위, 그러닝개루(그러니까) 외에는 거의가 함께 쓰는 방언이라고 해도 과언이 아니었던 것이다.

족보는 윤직원네와 다르더라도 그 일어서고 자빠지고 한 빌미가 윤직원네와 사돈이나 했으면 십상 좋을 집안이 고향에 여럿이나 있었던 것도, 이 작품에 재미 들리게 된 또 다른 이유라고 할 수 있다. 윤직원네 권속들의 행실과 행짜를 내가 아는 어느 집안의 누구누구와 비교해 가면서 읽는 것도 남다른 흥미였기 때문이었다.

그렇다면 이 작품이 내 글에 미친 것은 무엇일까.

그 역시 알 수 없는 일이다. 그래서 이리저리 생각해 보는 중에 언젠가 김주영 선배가 나더러 우스갯소리로 "멀쩡한 사람(작중 인물) 병신 만드는 데에 수가 난 사람"이라고 하던 말이 언뜻 떠올랐다.

만약 나에게 작중 인물을 희화하는 데에 약간의 소질이라도 있다고 한다면, 그렇다면 그것이 혹 『태평천하』에서 옮은 '구습'이나 아닐까 하는 생각이 들기도 한다.

초천初薦* 전후

나는 1966년 7월에 소설 추천을 끝냈지만, 그 1년 전까지만 해도 나와 서로 알고 지낸 문인은 통틀어 열 사람도 되지 않았다. 그러다가 『월간문학』月刊文學 지의 창간 준비로 입사하여 지금까지 문예지 기자로 1년 남짓 지낸 동안 자의 반 타의 반으로 어영부영 많은 문인들과 만나 낯을 익히게 되었고, 차나 술로 곧잘 어울리게도 되었다. 그건 어쩌면 다행스러운 일일는지도 모른다. 더욱이 친구로 허락해 준 문단 선배 여러분들에게는 많이 감사하고 있다. 그런데 그분들 가운데에는 "시는 문단에 나온 뒤에도 사기를 칠 수 있다", "시인은 사기 시로도 얼마간 목숨을 지탱해 문단 춘추해[年] 2, 3년쯤은 향수할행세할 수 있다"고 내놓고 말하는 몇 분의 시인 평론가도 있다. 다행스럽게도 나는 본디 시에는 문맹이라 시나 시인들에게 할 수 있는 말을 모르고 있다. 그렇지만 소설에 있어서만은 "소설가는 단편 서너 편만 봐도 쇼부° 나 버리는 거 아니야?" 하는 문인들에게 같은 의견으로 동조하고 있다. 사실 이 '쇼부'를 내 버린 작가도 퍽 많은 것 같다. 이 말에 "너는 그렇지 않고?" 하고 비웃을 분도 많을 것이다. 그래서 실은 할 말도 없다. 다만 그 부류에 속하는 나 자신이 이런 말을 하는 건 나 자신도 그토록 애써서 간신히 추천을 받았건만, 그 뒤로 언제 뭘 쓰다가 시들었는지도 모르게 그냥 그대로 그늘에 묻혀 딱하게 돼 버렸으므로 자탄自歎° 겸 공개를 해 버리고 보다 더 아픈 반성을 하려는 데 있다.

김동리金東里° 선생을 처음 뵙기는 1961년 봄이었다. 입학과 함께 강의 시간마다 뵐 수 있었던 것이다. 그러나 나는 똑똑치 못한, 존재가 없는 학생의 하나였다. 지금도 나아진 것이 없지만 그때는 소설이나 시가 어떤 형식의 것이란 것만 알았을 뿐, 쓰려면 어떻게 시작해서 끝을 내어야 하며 무엇이 문제인가 따위는 전혀 모르고 있었다. 얼마나 답답했는가는, 가령 누가 원고지 70매짜리다 하면 그 '매'란 말이 무슨 뜻인지를 몰라 한 장이 1매인가, 10장이 1매인가 한 권을 두고 하는 말인가를 몰랐고, 그걸 또 창피하게 여겨 아무에게도 묻지 못하고 눈치로 알아내어야 할 만큼 어두운 인간이었던 것이다. 하긴 문예창작과에 들어간 것부터가 무슨 작가를 지망해서가 아니라 중학교 준교사 자격 같은 것이라도 얻으면 시골 어디 가서 국어 선생질이라도 하며 살 수 있잖을까 하는, 퍽 생활적이고 생산적인 생각으로였으니

초천 전후

무리도 아니었다. 김동리 선생 담당 시간에 '소설 실기' 과목이 있었다. 나는 그 시간에 처녀 습작을 남 시켜서 낭독, 김 선생으로부터 '소설을 쓰면 쓸 싹수'가 보인다는 말씀을 들었다. 그해 학기말 시험 때의 '소설론' 과목의 출제는 나의 그 습작을 논論하라는 것이어서 나는 그 과목은 시험 볼 필요도 없었는데, 그때가 스무 살의 애숭이애송이였으니 속으로 얼마나 기고만장해 있었던가는 지금 생각해도 쓴웃음이 나온다.

졸업을 했다. 몇 달 동안을 빈둥거리며 놀게 됐다. 할 일이 없자 학교 다니며 보고 들은 건 있어, 소설을 써 보기로, 나아가서는 작가나 돼 보기로 작정하고 개나 걸이나 열심히 썼다. 신춘문예 에도 연말 행사로 열심히 떨어지면서 한편으론 1년에 2편씩 김 선생이 한가한 방학 때마다 원고를 보여 드렸다. 남들은 쓰지 않고는 못 견뎌 썼다는데, 동기부터가 불순했으니 잘될 리 없다. 이상한 건 시일이 가면 갈수록 소설에 대한 집념이 더욱 굳어 가는 것이었다. 한 3년 뒤에야 "자네 소설은 문장이 이상해서 어디 응모해 봤자 예선 통과라도 되면 기적"이란 말씀을 하셨다. 이렇게 말씀하신 것은 내 원고를 반이라도 읽고 말씀하신 게 아니었다. 내가 초천初薦을 받기까지 (이 글을 쓰려고 메모해 보니) 5년 동안 39편을 써서 10편을 보여 드렸지만, 그중에서 맨 첫 장 한 장 이상을 읽어 주신 원고는 두 편에 지나지 않았다. 맨 첫 장의 첫 문장의 첫 줄에서부터 '싸가지'싹수를 짚어 보시는 분이라 첫 장에서 둘째 장이 넘어가기까지는 두 시간 가까이나 걸리던 것이다. 그래서 보여 드린 10편 중 8편은 첫 장과 두 장째에 약간의 색연필 자국이 나는 것으로 끝났고, 2편만이 온통 시뻘건 색연필로 만신창이가 되어졌던 것이다. 무명 문학청년을 대할 때 그분처럼 매정스럽고 냉정한 분도 또 있는지, 혹은 나만 그렇게 당했는지 모르지만, 인정에 걸리실까 봐 일부러 그토록 냉담하게 대해 주신 모양이었다. 댁으로 원고를 들고 조심조심 들어가면 "뭐 가져왔나? 거기 놓고 가지." 처음 겸 마지막 말씀을 이 한마디로 끝낸 적이 한두 번 아니었다. 뿐만 아니라 5년 동안을 뵐 때마다 한결같이 늘 떫은, 탐탁잖은 안색이셨는데, 그것은 내 인상이 워낙 둔하고 미련하고 답답하기 때문이셨던 것 같다. 나는 으레 윗목 구석에나 앉게 되었는데 따라서 들고 간 원고도 휴지통 곁 한구석에 밀어 놓고 어물어물 나오기가 일쑤였다. 그렇게 두고 나온 원고는 평균 6개월 이상 묵었다가, 가령 겨울 방학 때 드린 원고는 다음 여름 방학 때나 읽어 보시곤 했는데, 그것은 무척 서러운, 아니 기분 나쁜 일이었다. 그 기분은 댁에서 나와 대문에서부터 한 50미터쯤 걸어 나올 때까지 으레 몇 마디씩 투덜거리지 않고는 못 배길 정도의 것이었다. "제기랄, 당신 아니면 소설 못 쓸까 봐……" 하면서 애매한 길바닥의 돌멩이나 몇 개 걸어차다 보면 그래도 그게 아니라는, 막연한 듯하면서도 내 글은 꼭 이분에게만 보여 드려야 되고, 또 이분만이 이해할 수 있으리란 느낌이 앞지르곤 했다. 결국 5분도 못 되어 도로 침착해지면서 더욱 용기가 났고, 다음 작품을 기약하곤 했는데, 이렇게 어떻게 고쳐 보지, 하시는 말씀을 들어보기는 한 4년 만이었나 싶다. 다시 고쳐 보라신 원고는 2편인가 된다. 그러나 고쳐다 드린 적은 한 번도 없다. 원고를 놓고 어디가 어떻다는, 이러고 저래선 안 된다는, 하여간 무엇 한 가지 친절하고 자세히 말씀해 주신 적이 한 번도 없었으므로, 그래서 순전히 눈치만 보고 눈치로만 내 스스로 뒤늦게 터득해야 했기 때문에, 어딜 어떻게 고치라는 말씀인지 모를 뿐 아니라, 고친답시고 고친 게 내 밑천 드러내는 결과밖엔 안 될 터이고 해서 고친 것을 다시 들고 갈 용기는 없었던 것이다. 한번은 김 선생 내외분이 앉아 계신 데서 원고를 내보였다. 손소희孫素熙[*] 선생과는 그때가 초면이었다. 처음으로 첫 장이 쉽게 통과됐다. 그런데 손 선생이 다시 넘어다보시더니 "여긴 왜 토가 이렇게 붙어?" 하고 김 선생이 OK하신 대목에 시비(?)를 거셨다. 김 선생은 "이 사람 문장은 → 이렇게 바로 읽으면 안 되고 이렇게 ╱ 옆으로 읽어야 해요" 하고 변호를 하시는 것이었다. 그로부터 7개월 후, 65년 9월에 단편 「다갈라 불망비不忘碑」라는 것을 초천해 주셨다. 어느 여름날 밤 마루에서 초저녁잠을 자고 자정쯤에 잠이 깨어 일어나 보니 대문 앞에 석간이 떨어져 있었다. 해가 있을 때 들어온 것을 자정이 되도록 아무도 집어 들지 않은 건 우환憂患[*]으로 집안 형편이 말이 아닌 때라서였다. 신문에 잡지 광고가 나 있었다. 남들이야 안 그러겠지만, 또 지금은 철이 들어서가 아니라 만사에 무심해져서 그러지 않지만, 추천받기 전까지는 툭하면 삼류 작가의 작품을 입버릇처럼 헐뜯곤 했었다. 물론[*] 그날도 광고에 난 소설들의 제목을 보면서 "이번엔 어떤 놈이 뭘 썼나" 살펴보고 있었다. 그 다음 이것은 아무도 곧 이들을 사람이 없을 것 같은데, 소설란 끝에 「다갈라 불망비」란 것이 눈에 띄자 무심코, "어떤 개새끼가 별 더러운 제목을 다 붙여 가지고……" 중얼거리며 필자를 보니 '推[추] 자 밑에 내 이름이 있었다. "어?" 그제야 내가 그 제목의 글을 지난 겨울 김 선생 댁에 갖다 드린 생각이 났다. 먼저 허전했다. 겨우 이런 비현실적인 소품 같은 것으로 첫선을 보이기 위해 5년이나 글을 쓴다고 글글댔던가? 남들처럼 대작 역작으로 출발 못함이 억울한 것 같기도 하고 처량하기도 했다. 출발이 좋았어야 한다는 생각은 지금도 마찬가지다. 이건 여담이지만, 며칠 후 잡지사에 인사하러 가서 "처음 고료[원고료]는 많건 적건 뜻 깊은 돈이니 보람 있게 쓰시오" 하는 말을 들었다. 보람 있게 쓰기 위하여 김 선생님께 처음으로 점심이라도 대접해야겠다고 생각하며 나와 길바닥에서 원고료란 걸 세어 보니 한 장에 20원꼴로 된 천3백여 원이었다. 그날에야 김 선생님은 비로소 친절하고 다정하게 나를 대해 주셨다.

점심을 마치신 다음, 남은 돈은 집에 뭐라도 사 가지고 들어가라시며 "얘, 우리 그 돈으로 10원짜리 막소주 한 고뿌[컵]씩만 할까?" 하시던 말씀은 지금도 귀에 그대로 남아 있다.

하여간 추천을 받는다는 사실만은 그렇게 대견스러운 것도, 씁쓸한 것도 아닌 것 같은데, 글쎄 남들은 어떤지 원.

땅 위에 도생하는 것들은 죄다 하늘의 이치를 고이 따르고 있었다. 임자 없는 것들은 제 성질대로 살고, 임자 만난 것들도 제구실을 다하며 살고 있었다. 하찮은 풀꽃도 수채 옆이나 두엄더미 곁에서 핀 것은 한결 이뻐 보이고, 같은 이삭이라도 자갈투성이의 메진 땅에서 맺힌 것들은 훨씬 여물게 영글어 있었다. 물물 것을 가리기 전에, 먹고 못 먹는 것을 따지기 전에, 모든 것은 싱싱하고 싱그럽고 소담하게 살고 있었다. 심지어 바위는 늙은 것일수록 듬직한 것 같고 자갈은 어릴수록 야무져 보였으니, 오히려 여리고 가냘프며 풍덩한 것으로는 오로지 사람이 있을 따름이었다.

제2부 우리 동네 시대

18년 만의 귀향

1.

서울살이 18년을 마무리 짓고 고향에 되돌아온 지도 그새 두 달이 겨
웠다*. 게다가 그동안 예서 몇 파수* 동안이나 오르내렸던 일마저도
접때부터 아예 발걸음을 거뒀으니, 진작 이러기를 바란 지 이태_{두해}
만에야 비로소 적으나마 뜻을 이룬 셈으로 친다.

　버스 때려 부수는 자갈 소리로 한 시간 가량 얼이 빠져 있다 보면,
수원_{水原}서 만나 신세진 버스가 봉담_{峰潭}, 팔탄_{八灘} 두 가읍_{街邑}*을 뒤로
빼돌리고 백 리를 치달린 끝에 지쳐 한숨 돌리는 발안장터―.

　나는 게서_{거기서} 내려 다시 황톳길로 에워 돌되, 좋이* 여물 한 솥 쑬
결_참이나 걸어 들어와 하늘 끝에 조금 남은 외진 두메에 산다.

　우리게*는 화성군_{華城郡} 향남면_{鄕南面} 행정일리_{杏亭一里}. 정작 내 고향
충청도 대천_{大川}에서 치면 바로 묘연_{杳然}한* 천리타관*이다.

여기는 김동리*로 하여금 「역마」驛馬를 낳게 한 지리산 오금탱이오금팽이* 화개花開장터마냥 보잘것이 있는 곳도 아니요, 김유정金裕貞*이 「산골 나그네」를 남기도록 마련된 소양강 여울목 실레마을처럼 옹골진* 구석도 아니다. 오히려 내 고향은 오죽잖으나마* '관촌수필'冠村隨筆이라 이름 지어 몇 마디 이야기를 꾸밀 만한 터라도 있었다.

그런데 그럼에도 그렇잖게 스스로 서슴없이 고향에 되돌아왔노라고 장담함은 어인 까닭인가.

그것은 서울보다 훨씬 너른 하늘이 있어 하루 일을 분별하고, 땅 위에 보이느니 임자 없는 것들만 즐비함에, 예전에 등졌던 고향과 다름을 찾지 못함으로써이다. 도처청산 골가매到處靑山骨可埋라 이르며, 사나이 한번 뜬 고향 구태여 되찾을 것 없다 함을, 어찌 옛사람의 뒷말이라고만 일매지어* 그치겠는가.

이런 서두序頭를 남들은 달리 여길지도 모른다. 대개 바로 새겨들으면 물론* 하겠거니와, 더러 어리둥절할 이도 없지 않을 듯하므로, 군이 다음처럼 번언쇄사如言瑣辭를 삼가지 않는다.

내가 이리로 내려온 것은 잃은 것을 찾으러 온 것이 아니며 찾던 것을 가지러 온 것도 아니다. 없는 것을 만들려 함도 아니요, 있는 것을 닦으려 함도 아니다. 애초 뿌린 것이 없으니 가꿀 것도 없고, 더불어 거둘 것이 있을 이치도 없다. 나랏일을 직접 다루는 사람들의 짓이나, 세상 되어 가는 꼴에 분한 마음은 빚 문서처럼 짐을 달리하여 따로 꾸려 왔으니, 그것도 핑계거리는 못 된다. 일찍이 명언장리明言章理가 있어 그것으로 말미암아 이문명로利門名路에 나서 본 적이 없고, 세태염량世態炎凉을 사해四海(세상)에 질타부언叱咤敷言할 만한 그릇도 아니었으니, 이에 무슨 덧말을 찾아 덧두리할 것인가. 다만 내가 몸을 거둘 때까지 머물 만한 곳을 찾다가 저절로 이에 이르렀다는 것이 정말인 것이다.

2.
내가 여기로 오며 일변한편 느낀 것이, "세상은 본디 태평한데 어리석은 것이 시끄럽게 한다"天下本無事 庸人擾之耳는 옛말의 옳음이었다. 주제넘게 천곡만탄千谷萬灘을 제 것으로 치려는 욕심에 몹쓸 짓도 마다 않고 바둥거리는 못된 것들만 없다면 모두가 자연스러움을 되찾을 것이 주어진 이치였다.

　땅 위에 도생倒生하는 것들은 죄다 하늘의 이치를 고이 따르고 있었다. 임자 없는 것들은 제 성질대로 살고, 임자 만난 것들도 제구실을 다하며 살고 있었다. 하찮은 풀꽃도 수채 옆이나 두엄더미 곁에서 핀 것은 한결 이뻐 보이고, 같은 이삭이라도 자갈투성이의 메진 땅에서 맺힌 것들은 훨씬 여물게 영글어 있었다. 물몬 것을 가리기 전에, 먹고 못 먹는 것을 따지기 전에, 모든 것은 성성하고 싱그럽고 소담하게 살고 있었다. 심지어 바위는 늙은 것일수록 듬직한 것 같고 자갈은 어릴수록 야무져 보였으니, 오히려 어리고 가냘프며 풍덩한 것으로는 오로지 사람이 있을 따름이었다.

　그러므로 대뜸 가장 고맙던 것은, 이웃과 마을 사람들이 옛사람들에 견줄 만큼 어진 것이었다. 나는 이삿짐을 풀던 자리에서 이웃 사람들을 만나 이튿날부터 서로 벗 삼기를 주저하지 않았으니, 실로 교천언심交淺言深*의 본보기라고 흰소리*해도 무방할 지경이었다. 세상살이에서 되게 어렵기로는 사람 잘 만남과 견줄 것이 없음이 확실할진대, 내 스스로 인덕이 있는 자라고 깨친 것은 문단 선배·친구들의 아낌을 받아 오면서였지만, 그것을 보다 입체적으로 확인할 수 있는 두 번째 계기는 우리게 이웃 사람들의 관심이었다고 믿는다. 우리게 사람들은 낯선 자를 다룸에 있어 되바라진 도시 사람들과 달리, 상대방의 직업이나 생활 규모를 엿보기 전에 자기 인심을 먼저 쓰며, 상대방의 무심한 정도를 가늠하기보다 자기 관심을 먼저 주는 것이 예사였다.

　그들은 내가 보아 온 서울 사람들보다 훨씬 헐벗고 못 먹을 뿐 아니라, 인물을 가꾸고 모양을 찾기는 고사하고 붙여 문 담배마저 태울 거를이 없게 흙의 노예로 산다. 그러므로 속으로 꾸미는 게 없고 겉으로 여미는 게 없으며, 공연한 흉내나 허드레 군말도 짐짓 시늉할 줄을 모른다. 생긴 대로 안팎을 열어 놓으니, 그들과 죽이 맞아 한가지로 사는 내 마음의 개운하고 후련함을 무엇에 비겨 끄적거릴* 것인가.

나는 서울에서 얻은 갖은 주접들, 잔뜩 주눅 들어 지르숙은˚ 어깨, 갈수록 찌들어 오종종해진˚ 가슴, 해야 할 소리 마음대로 못해 받침이 분명치 않은 말투, 치미는 부아, 끓는 열통, 못 터뜨려 어혈˚ 들었던 오장육부를 말짱 내던지고, 그들의 한패가 되어 장단 맞추며 논다.

단추 떨어진 여름살이˚에 검정 고무신을 꿰면 삼동네˚를 싸질러 다녀도 남 보매˚가 없고, 얼김˚에 들어 이름 없이 성만 아는 집이라도 스스럼 타지 않고 툇마루에 걸터앉아, 가물어 쓰디쓴 오이 한두 개로 몰래 걸러 우물에 채워 둔 농주를 축낸 뒤 하늘을 잡아 내려 멍석 삼아 쓰러져 잠드니, 이 위에 더 바랄 것이 없다.

나는 구름장˚부터 땟국이 배어 더러워 뵈던 서울 생활을 되새겨 볼수록 열이면 열 가지가 한결같이 딴 세상 일처럼 느끼는 것이 요즈음의 버릇이다. 서울에서는 그토록 입가심˚만 해 봤으면 했던, 용수˚ 박아 뜬 진국을, 걸핏하면 대수롭지 않게 마실 수 있는 것부터가 그렇다. 그러니 서울 언저리 높고 낮은 산을 오르내리는 등산객들이 먹고 버린 비닐 껍질로 메워진 골짜기의 객물˚을 약수로 치고, 중성 세제와 중금속이 안 섞인 물이라고 대견해 하며 마시던 꼴이 자주 측은해지는 것도 당연한 일이다. 나는 농촌을 바닥으로 혹은 농부를 놓고 글을 쓸 때마다 으레 곁가지가 짧아, 일쑤 고향에 남은 친구들에게 시외전화를 걸곤 했었다. 코뚜레짜리˚ 어스럭송아지˚ 시세가 어떠며, 겉보리 한 가마 금시세은 어떻게 나가는가를, 고향 읍내 장터에서 점방店房

하는 친구를 불러 묻지 않으면 이야기를 꾸며 낼 재주가 없었던 것이다. 그러나 그런 번거로움도 이젠 막종[*]을 쳤다. 발안장터는 닷새 한 파수로 장이 서니 우리게 사람들을 비롯, 돌담거리, 낫머리, 바우배기, 양석골에서 장을 세러 옴은 물론 팔탄, 조암, 양감, 남양, 안중 같은 근읍近邑에서 꾀어든 장꾼들로 하여, 밴댕이 한 뭇을 몇 푼씩 부르는 것까지도 손금 들여다보듯 알 수 있겠기 때문이다.

내가 늦게나마 그런대로 현장現場의 여러 형편 가운데에 섞여 함께 세월 하게 된 것을 무엇보다 쓸 만한 일로 치는 것도 그 때문인 것이다.

발안장터에서 보건사업소 소장으로 시임時任[*] 중임을 연줄[*]로 하여, 나로 하여금 여기를 정처定處로 삼도록 애써 준 작가 박광서朴光緖 씨에게 갈수록 고마움을 더한다.

3.

사람 사는 곳이면 어디나 비슷하기에 그렇겠지만, 이런 적적한 두메에서도 딴전 볼 새 없이 밤낮으로 치러야 하는 것이 있다. 곧 내 욕심을 채우려는 다툼질이 그것이다. 나로서는 언제나 신명이 나는 즐거운 다툼이기도 하니 그것은 두말할 나위 없이, 사람이나 사람이 만든 기계와의 다툼이 아니라 자연과의 싸움이기에 있을 수 있는 것이었다.

그러나 온 가족의 생활을 위한 마을 사람들의 싸움은, 나 같은 건달에 차례 온 몫보다 열 배, 스무 배나 치열하고 애처로운 것이었다. 그들은 가뭄을 이기기 위해 양수기와 용두레*로 지하수를 퍼 올려야 하고 벼 포기에 기생하는 벼멸구와 갖은 병균, 그리고 밭이랑을 제멋대로 요리하는 나방, 노린재, 딱정벌레, 하늘소, 굼벵이, 쇠등에, 땅강아지 따위와도 한눈팔 새 없이 겨룬다.

　그에 견주어 나의 싸움은 어린애 장난에 지나지 않는다. 내가 뛰어든 싸움도 상대방이 먼저 덤벼듦으로써 비롯되었다. 상대방은 대대로 마을 터주 노릇을 해 온 살가지*삵쾡이와 도둑고양이, 그리고 족제비 가족이었다. 내가 여기로 와서 대뜸 욕심을 부린 것이 그것들에게는 썩 못마땅하고 같잖게 보였는지도 모른다. 나는 오자마자 병아리 열 마리를 사서 내 손으로 엮은 허술한 우리에 가둬 기르려고 했다. 문조*나 잉꼬마냥 완상용으로 기르다가 약병아리로 크면 더위를 피해 찾아올 문단 친구들에게 안주로 내놓을 참이었던 것이다. 첫날은 살가지가 덮치고 이튿날은 도둑고양이가 휩쓸었다. 나는 다음 장에 나가 새로 스무 마리를 사면서, 병아리 값보다 몇 배나 더 써 가며 여러 가지 연모*와 자재를 구입하여 우리를 단단히 손질했다. 속상하고 부아 나서가 아니라 누가 더 끈질긴지 겨루어 보고픈 오기로 한 짓이었다.

　그것들은 요즈음도 밤낮없이 울안을 들락거리며 빈틈만 노리지만, 나는 속을 끓이지도 않고 성가신 줄도 모른다.

서울 같았으면 반드시 못된 인간들의 손을 먼저 탔을 것이다. 따라서 그 동족들을 경계하기는 오죽이나 수고스럽고 고단할 것인가.

그에 비해 싱싱한 삶을 연상시키는 짐승들과의 싸움은 저절로 신명이 난다.

나는 살가지, 족제비, 도둑고양이를 사랑한다. 삶을 위해 거침없이 인간에게 도전하는 자연 그대로의 야성을 사랑한다. 더불어 그전부터 꺼려 하고 혹은 두려워해 왔던 개까지도 새로 사랑하게 되었다. 대개 저희들보다 못 먹는 사람만 보면 으르렁거리던 있는 집 개의 경우 자칫하면 번개 치듯 하는 전깃줄과 함께 가장 멀리해 온 짐승의 하나였다. 그러나 나는 여기로 옮아옴과 함께 이웃 이씨 댁에서 길러 보라고 준 강아지를 토끼 새끼 다루듯 귀여워하며 기른다. 서울 개들은 한다 하는 맹수 다 되어 사람을 해치지만, 여기 개들은 제법 가축으로서 만족해 하며 사람을 어려워하는 것이 여간 기특하지 않은 것이다.

나는 동트기 바쁘게 내 집 추녀 끝에서 쏟아져 나와 울타리 참죽나무 가지에 앉아 짜그락거리는 참새 떼의 극성에 잠을 깨고, 울타리 아카시아 가지를 이리저리 휘며 떠드는 까치 소리에 서둘러 아침을 든다.

노고지리˚는 하늘 높이 솟구치며 눈부신 보리누름˚이 섭섭해 목청을 돋우고, 앞산 상수리나무 숲에서 뻐꾸기가 찾기 시작하면 뒷동산 잔솔밭의 꾀꼬리도 얼른 덩달아 흉내를 낸다. 그 어름에 문득 산비둘기의 능글맞은 울음소리가 저만치서 들려오면, 나는 관촌 부락에서의 어린 시절을 되살려 보다가 낮잠에 곤해지고, 해넘이와 아울러 맹꽁이가 개구리에 화답하는 어스름이 드리우면, 마당귀˚ 걸상 위에 누워 은하수 흘러내리는 먼 산마루를 꿈결에 다시 만나곤 한다.

4.

이리 오던 날부터 밤이 이슥다 못해 동녘으로 이울도록˚ 느껴 가며 울어 쌓던 소쩍새는, 그루갈이˚가 거진 되어 가는 유월 그믐에도 못내 참지 못해 여전하고, 건너편 원두막에서 밤이 지새도록 별똥을 주워 담던 호롱불은, 송아지 앞장세워 꼴망태˚ 지고 나온 아이가 이슬을 한 짐 베어 지도록 꺼질 줄을 모른다.

어느 명장名匠˚이 있어 이 산야를 화폭에 옮긴다 한들 감히 실경實景˚에 가깝다 하랴. 어느 집 마당을 기웃거려 봐도 표구된 민화民畵˚와 혜원蕙園˚의 풍속도가 그대로 남아 있는 것을─. 선인들이 남긴 문장마다 인사人事˚를 떠나 산수초축山水艸蓄˚에서 빚어진 소이所以(까닭)˚를 비로소 알겠다.

나는 모든 것을 얻어 산다.

채마˚ 터앝˚커녕 못 먹는 땅 한 뙈기˚ 안 달린 내 집이지만, 밭에서 나는 것이면 땀으로 거름하며 가꿔 거둬들인 농부네보다도 더 고루 쌓아 놓고 흔히 먹으니, 이는 밭에서 돌아오는 이웃 부인네마다 소쿠리로 메꾸리˚를 한 아름씩 쏟아 놓으며 반찬 걱정을 않게 해 주기 때문이다.

집집에서는 일하는 날마다 들밥 먹으라며 문턱이 닳게 데리러 오고, 애벌 훔치던 논배미˙에서 우렁우렁이 한 바가지만 주워도 오갈˙ 투가리˙가 넘치게 어퉈˙ 가지고 온다. 마른 논에 웅덩이를 푸다가 잔챙이 붕어 한 바라기˙ 것만 잡아도 탁배기 한 잔을 가르자고 사람이 뛰어오는데, 이런 인심은 살아가면서 차차 내 인심으로 값하면˙ 그만이리라.

내 집은 식전이면 삭은 수수깡 울타리 틈서리로 틈이고˙ 들어온 바람이 마당을 쓸고, 밤마다 달빛이 뜨락 가득히 모여 잔치를 벌이는, 굴뚝이 어슷하고 서까래마다 검댕이 드래드래 서린 옴팡간˙이다. 사랑채 툇마루 회벽에는 십 몇 년 전 대통령 후보 윤 선생의 사진과 같은 해의 국회의원 후보자 사진들이 반 이상 멀쩡하게 남아 있고, 뒷간 옆에는 저절로 자란 박 넝쿨이 꽃을 무리로 피워 놓고 어느덧 때가 이렇게 됐음을 스스로 이야기하고 있다.

이 집에서는 그 지긋지긋한 연탄도 때지 않는다. 변강쇠 볼탱이˙ 줴지르듯˙ 울타리를 뜯어 때다 보면 어린 나무들이 자라 키를 겨루며 자연 생울타리로 욱을˙ 테니까.

마르지 않는 깊은 우물이 부엌 앞에 있고, 마당 구석마다 갖은 채소가 전廛˙ 벌인 듯 고루 자라고 있다.

드디어 내 분수의 다함이 이에 이르렀으니, 짐짓 사리私利˙와 개성

個性을 챙기려던 부질없는 마음을 멀리 내던진 지도 벌써 접때의 일이
되었다.

벽 틈에 사는 이에게

서울 바닥에 사는 이들의 고단한 정도를 가량하기로 들면 오히려 시골 사람의 짐작이 보다 분명하지 않을까 합니다.

서울에 살 때는 나라 안에 서울만큼 너른 바닥이 없으려니 했던 내 생각부터가 착각이었음을 이제서야 알았으니까요.

여기서 살아 보니 서울이야말로 좁디좁아 '바닥'은 고사하고 벽과 벽 어간御間(사이)의 '벽 틈'이었습니다.

그렇다면 서울을 떠나온 뒤로 나는 과연 얼마나 넉넉해진 것인가, 이 계제에 내 나름으로 잠깐 어림해 볼까 합니다.

나는 내가 느낀 그 넉넉함을 아무나 알아듣게 즐거움이라는 말로 바꾸고 우선 그 즐거움의 성질을 몇 갈래로 추려 보도록 하겠습니다.

나는 몇 가지의 즐거움 중에서도 몸과 마음의 해방감을 으뜸으로 치고자 합니다. 그윽이 생각하니 그 해방감의 즐거움은 거북이보다 목숨이 짧고 플라스틱제 장난감보다도 먼저 썩을 이 몸뚱이를 벽 틈에서 뽑아낼 때, 시간을 맞추어 찾아온 것이었습니다. 그리고 내가 이 것을 첫째로 치는 것은, 전야田野에 묻힌 한갓진 몸임을 아직은 부끄러워하지 않음으로써 가능한 것이기 때문입니다.

나는 사람의 삶의 본바닥을 바로 보고 싶어하는 사람이나, 온갖 것의 목숨이 무상하게 가고 오는 이치를 몸소 알고 싶어하는 사람이 곁에 있다고 해도, 선뜻 전야로 돌아가라고 자신 있게 이르지는 못합니다. 그런 소리를 하기에는 바탕이 너무 얇은 까닭입니다.

도시에는 시간 인생이 있고 전야에는 공간 인생이 있다는 투로, 실없이 키워서 말할 주제가 못 되는 것도 물론입니다.

나는 다만 내 분수와 제짝인 하찮은 즐거움을 은연중에 누린다는 말이나 해 둘 따름입니다.

다시 즐거움을 말합니다.

서울에서는 큰돈도 잔돈으로 쓰여 두렵지만 이런 두메에서는 잔돈이 큰돈인 점에 기특함이 있습니다. 서울에서는 돈을 다 써야 벌고, 이런 데서는 돈을 안 쓰는 것이 곧 수입이 되니, 돈처럼 천한 것과 상종을 멀리함도 때로는 이로움이 있습니다.

내남적 없이 다들 고루 갖추지 못하고 살므로 없다고 하면 말이 안 되는 것조차 없어서, 이웃에 아쉬운 소리를 하러 가도 민망하지 않아 견딜 만하고, 비록 얻거나 꾸어 써도 허물할 사람이 없으니 이 또한 살 만하다고 말하는 뚜렷한 근거입니다.

다시 즐거움을 말합니다.

마음 가는 대로 해도 까닭스럽지* 않은 환경을 상상이나 해 보셨습니까.

하루에도 몇 번이고 느끼는 일입니다마는, 첫째는 물을 아무 데나 내버려도 상관없는 편의가 있습니다. 그릇을 가신(씻은) 개숫물이거나 걸레를 짠 비눗물이거나, 가리지 않고 함부로 버려도 무방한 것이 시골입니다. 마당, 뜨락, 화단, 터앝*, 울 밑, 길섶…… 한 동이의 물도 냅다 끼얹으면 그만입니다.

마음 놓고 길을 다닐 수 있다는 것도 그에 버금가는 행복입니다. '차 조심'이 없는 곳은 비단 피안彼岸*만이 아님을 여기서 느꼈습니다.

남의 것을 내 것 삼아 마음속에 간직하는 자유도 서울에서는 규제받는 도덕입니다. 서울 한복판에 삼십 층짜리 현대식 건물이 섰다 한들, 그것을 제 것처럼 마음에 담아 두는 정신 나간 사람이 몇이나 되겠습니까.

하지만 나는 집 둘레의 모든 것들, 산천초목은 물론이요 서울 것보다 몇 배나 크고 밝은 별 무리까지도 내 것으로 정한 지가 이미 여러 달째 됩니다.

대개 산촌에 수석壽石이나 괴목怪木 수집장이*가 살지 않는 까닭도 접때서야 알았습니다. 사해물상四海物象*에 본디 임자 없거늘, 하물며 기근괴석奇根怪石*을 울안으로 끌어들여 이름을 짓고 값을 매길 일입니까. 동네에 있던 것이면 그 자리에 그냥 두고 오래도록 제 것으로 보는 이가 나 혼자만이 아닌 줄도 더불어 알은 터입니다.

남의 밭의 붉은 고추와 하얀 목화도 내 눈에 좋으면 내 집 화초가 되고, 남 집 토방*의 섬돌이나 퇴비장 구석에서 두엄에 묻혀 사는 돌도 내 눈에 들면 그곳에 놓아둔 내 집 완석玩石*에 다름 아니니 이는 검고 붉은 조선 닭 두어 마리를 놓아 먹이면, 서울 사람네 정원의 금계金鷄*나 비둘기 여러 쌍보다도 이뻐 보이는 것과 같은 이치일 것입니다.

나는 배설물 처리에 위생적이고 여물 배급이 손쉽도록, 시멘트와 철제 파이프로 우리를 지어 서구식으로 관리하는 우리게 목장을 둘러볼 때마다, 아스팔트와 시멘트가 뒤덮인 서울 바닥에서 자유가 유보된 채 삶이 관리管理되는 서민들을 문득 생각하곤 합니다.

누군가가 '도시는 선線'이라고 말한 모양입니다만, 나는 오늘도 '도시는 벽壁'이라는 주장을 무를 수가 없습니다.

벽 틈에서 사는 이들의 건강을 빕니다.

우리 동네 시대

놀던 물

어려서 자주 다녔던 일가 집이 형편상 이농移農을 하면서, 손을 안 대고 살은 지 여러 해 된 집이나마 와서 글방으로 쓸 만하면 쓰라고 기별한 것이 6년 전이었다. 일가 집에서는 생각해서 기별해 준 셈이었으나 나는 생각하고 자시고 할 겨를도 없이 얼씨구나 하고 그 이튿날로 득달得達하여 이야기를 마쳤고, 또 며칠이 안 가서 둘 데 없는 책과 놓을 데 없던 책상을 그리로 옮겨다 놓았다.

  짐짓 희떠운 소리를 하자면 드디어 한적한 농촌의 산수간山水間에 서재를 겸한 별장을 하나 장만하게 됐다는 말도 되기는 할 것이다. 그러나 실상은 그렇지 않다. 명색은 내 집이라도 혼자 쓰는 방 한 칸이 없는 답답증을 견디다 못해 마침내 시골의 일가 집을 사서 작업장으로 쓰게 됐을 따름인 것이다.

짐과 함께 주민등록부를 옮겼다. 떠나고 30년 만에 다시 보령군민
으로 되돌아온 것이었다. 타향살이가 고향살이로 바뀐 셈이지만 고
향살이는 귀양살이였다. 식구와 떨어져서 취사, 세탁, 소제, 농사를
스스로 하지 않으면 아니 되니 귀양살이가 따로 있을 게 없었다. 거
지도 손[客] 볼 날이 있다는 속담이 있지만 한 3년 동안은 거지만도 못
한 신세였다. 손을 볼 날이 없으니 세수조차도 귀찮아서 사흘에 한 번
꼴로 대천에 나가 목욕탕에서 세수를 하였다.

　목욕탕에서 나오면 으레 가는 다방에서 차를 마셨다. 다방은 사흘
에 한 번 가는 다방인데도 일쑤(흔히) 낯선 느낌이 들었다. 종업원이 자
주 갈리는 탓이었다. 세계에서 둘째가라면 서러울 인구 밀도에다 부
존자원˙이라고는 인력밖에 없다는 나라에서, 사람이 모자라기는 접객
업소도 농가와 마찬가지 사정이라는 것이었다. 그러니 보수도 썩 높
았다. 특별시보다도 직할시가 높고, 직할시보다 보통 시가 높고, 시보
다 읍이 높고, 읍보다 면이 높고, 면에 있는 업소보다 리에 있는 업소
의 보수가 한결 높다는 거였다. 농촌 지역은 농사짓는 농가만 여성의
인기가 없는 것이 아니라 물장사하는 가게도 인기가 없기 때문이었다.
다방에서 일하는 이들이 한 업소에 머무는 기간은 거의가 한 달 정도
였다. 그러니 그네들은 철새 축에도 못 드는 신세였다. 나는 한 달에
한 번씩 오고 가는 떠돌이라는 뜻으로 그네들을 '사글새'라고 놀렸다.

　그러나 그렇게 놀릴 때마다 나는 유쾌한 기분이 아니었다. 떠돌기

는 나도 마찬가지라는 생각 때문이었다. 고향살이가 귀양살이에 진 배없을 터이란 것은 주민등록부를 고향으로 옮기면서부터 각오한 일 이었다. 부엌일에 남의 손을 살 만한 수입이 있다고 해도 동네에 남 는 손이 없어서 못한다면, 비록 '사서 하는 고생'이라고 자위하더라 도 그 내용이 귀양살이와 다르지 않으리란 것은 자명한 일이었다. 그 런데도 문득 그리고 기꺼이 짐을 옮겼던 것은 오피스텔 대신에 농가 라는 안분주의安分主義*의 실천이 아니라, 다만 고향을 되찾게 됐다는 느낌이 앞섰던 까닭이었다.

　낙향을 해도 반드시 고향으로 되돌아가야 할 남다른 까닭이 있었 던 것은 물론* 아니었다. 농촌 지역이라면 어디라도 상관이 없었다. 내가 놀던 물이 농어촌이었으니 산과 들이 있거나 바다와 내가 있는 곳이라면 어디라도 무관한 일이었다. 다만 스스로 판단하여 일하기 에 편한 쪽을 택한 낙향일 경우, 이왕이면 고향으로 돌아가는 것이 저 놀던 물을 제대로 찾아가는 셈이 아니겠는가 하는 생각이었다. 게다 가 가장 빠른 길로 간다고 해도 3시간은 좋이 걸리던 거리 또한 서슴 없이 짐을 꾸리게 한 조건이었다. 작업장이 시골에 있더라도 되도록 서울에서 멀찍이 떨어져야 할 필요는 일찍이 경기도 화성에서 살 때 부터 절실하게 느낀 일이었다.

낯선 물

경기도 화성군 향남면은 지금도 발안이라는 동네 이름을 대어야 얼른 알아듣는 곳이다. 본래는 바다의 갯벌 안쪽에 있는 마을이라 하여 벌안이라고 하던 것을, 유식한 사람들이 발안發安으로 번역하여 써 버릇한 것이 그대로 굳어졌다고 한다. 요즈음은 수원에서 시내버스가 10분에 한 대꼴로 떠나고 또 수원에서 15분 만에 들이대는 직통 버스라는 것도 시간 시간에 다니고 있지만, 80년대 초엽만 해도 차만 타면 자갈 튕기는 뛰는 소리에 정신이 하나 없는 신작로에서 한 시간 남짓이나 휘둘려 진이 빠진 뒤에야 비로소 닿을 수 있었던 아무렇지도 않은 시골이었다.

이 발안을 내가 처음 가 본 것은 1977년 5월 초승이었다. 일행은 팔자 소관의 나그네 목계牧溪〔신경림(申庚林)〕를 행수行首로 김주영, 조태일시인 씨였다. 이 무렵에도 목계는 하릴없는 장돌뱅이로 근기열읍近畿列邑을 돌아다니며 농무적農舞的인 소일이 사업이었고, 가끔가다 한 번씩 그 노릇도 청승인 듯싶으면 처지가 당신과 비슷한 후진후배을 꾀송거려서, 알음알음으로 갈 만한 곳은 돈이 들고, 물음물음으로 갈 만한 곳은 먹을 게 없고 하니, 노는 데도 아니고 쉬는 데도 아닌 후미지고 안침진 구석쟁이로만 골라 다니며 따분함을 덜던 형편이어서, 나도 안양의 병목안 골짜기며 청계산 기슭이며 소래포구께의 간사지 논두렁이며 하여, 근 서너너덧 차례나 아무 생기는 것도 없이 묻어

다닌 일이 있었다. 그런데 하루는 목계가 무슨 말 끝엔지 이제는 하
도 다녀서 갈 만한 곳이 없다는 말을 하였다. 무릇 대명천지 긴긴 해
에 늘 갈 만한 곳이 없었던 것은, 박씨의 유신 정권˚과 더불어서 말이
늘고 술이 늘고 담배가 늘은 사람들의 내남적 없는˚ 사정이었지만, 다
른 사람도 아니고 '민물 새우 끓어 넘는 토방˚ 툇마루'˚의 길손이 하
소˚하는 갑갑증은 또 다른 속내가 덤으로 얹힌 것이었다.

　그러던 어느 날이었다. 뻔질나게 드나들던 청진동 골목의 가락지
란 술집에 들렀다가 작가 박광서朴光緖˚ 씨를 본 지 오랜만에 만나게 되
었다. 오랜만인 이유를 물으니 수원에서 1시간 거리인 발안으로 이사
한 탓이며, 대한가족계획협회에서 그곳에 세운 시범사업소의 소장으
로 있다는 것이었다. 박광서 씨는 발안 지역의 좋은 점을 있는 대로
주워섬기면서 언제고 한번 놀러 오라는 말 또한 잊지 않았다. 그의 말
에 의하면 돌담거리 저수지며 방농장 같은 낚시터가 지척지간인 데
다, 차로 잠깐만 나가도 갯물과 민물이 동서양東西洋을 이루는 남양호
가 있으며, 거기까지 갈 것 없이 석포리와 만호리만 가도 지도에 없는
어항답지 않게 연안의 해물이라면 나지 않는 것이 없다는 것이었다.
나는 문득 갈 만한 곳이 없다고 탄식하던 목계를 생각하였다. 그러나
목계는 국내에서 유일하게 바다가 없는 충북 사람이라 생물生鮮도 갯
것貝類도 친한 것이 없었다. 목계는 비록 오거서五車書˚를 섭렵했더라
도 아마 『자산어보』茲山魚譜˚만큼은 뒤로 미뤄 두었기 십상일 것이다.

목계는 해감내˚가 약간 나더라도 피라미와 송사리 찌개면 족하고 거기에 민물 새우나 곁들여지면 만족일 터인데, 박광서 씨는 또 천렵˚이야말로 낚시 다음으로 능수라는 것이었다.

그리하여 다음 주 반공일 오후에 목계를 행수로 하여 발안에 이르렀다. 박씨는 발안장터를 가로지르는 시내에 촉고˚를 치고 투망을 하여 양동이가 그들먹하게 붕어와 피라미를 건져 내었다. 일행은 실컷 먹고 마시다가 앉은자리에 쓰러져서 잤다. 이튿날은 남양호에 진출하여 한 어부의 어살˚에서 나온 생선을 지게째로 5백 원에 모개흥정˚하고 화덕 불에 양은솥으로 한 솥을 끓여 한바탕 더 마셨다. 지금 생각해도 자나 깨나 막막하던 시절에 여간해서는 느낄 수가 없던 후련한 청유(淸遊)˚였다.

나는 놀던 물을 만난 것처럼 발안이 마음에 들었다. 와서 한구석에 끼어 살았으면 싶었다. 장터를 지나가는 내에 붕어와 피라미가 은어 떼처럼 반짝이는 것이 이러서의 한내(大川)를 떠올리게 하면서 향수를 자아내었다. 장터에서 담배 한 대 겨를만 걸어 나가도 비어 있는 농가가 수두룩하다는 말에 박씨를 따라 나섰다가, 목계를 비롯한 일행의 노고를 생각하여 절반쯤에서 동네 언저리만 먼발로 쳐다보고 되돌아섰다. 동네가 어떤지, 집이 어떤지 가 보지도 않은 채로, 장차 아니 곧 그 동네의 주민이 되기로, 가다 말고 중도에서 선뜻 결정을 해 버린 것이었다. 목계도 김주영 씨도 조태일 씨도 그 싱거운 결정에 대하여 누구 하나 이상하게 여기는 기미가 없었다. 놀던 물을 만난 듯한 느낌이 이심전심이었던 탓은 아니었는지, 그것은 나중에 생각해 봐도 알 수 없는 일 가운데의 하나였다.

나는 그 다음 주 일요일부터 그 동네의 동네 사람이 되었다.

나는 짐을 풀어놓은 뒤에야 처음으로 집을 한 바퀴 둘러보게 되었다. 집을 짓고 5대째 살다가 6대손을 본 뒤에야 이웃에 양옥을 지어 옮겨 가면서 빈집으로 버려 두었던 것이라고 하니, 따져 볼 것도 없이 조선조 순조 연간이나 늦어도 헌종 시대부터 낡기 시작한 옛날이야기 속의 초가삼간임이 역연하였다*. 그나마도 해마다 바심*[打作]을 마치면 땅임자에게 벼 한 가마니를 텃도지[垈賭地]*로 바쳐야 하는 남의 터에 지은 오막살이였다. 이엉을 이은 지 여러 해 되어 여기저기 골이 팬 지붕에는 골 따라 풀이 우북하게 깃고*, 동네 조무래기들이 전쟁 놀이터로 쓰는 사이 굴뚝은 허물어져 쥐구멍만 남고, 울타리랍시고 두른 수수깡 울바자*도 시늉만 남은 개구멍 천지라 사방이 난달*이나 다름없는 위에, 뒷간은 거적문이 간 곳 없어 주야로 동남풍이 주인이요, 두레박 우물은 조무래기들이 심심하면 집어넣은 돌멩이며 연탄재며 나무토막이며 농약병 따위로 메워져서, 장정 두 사람이 한나절 내 퍼낸 것이 경운기로 두 왕복을 하며 내다 버리고도 두어 삼태기나 남았다.

벽파풍창*에 툇마루는 오르고 내릴 적마다 널빤지가 들솟고, 오뉴월의 소나기 한줄금*에도 지붕의 썩은 새*[이엉]가 바지게*로 한 짐씩 처져 내려 처마 밑이 퇴비장으로 돌변하는 집이었지만, 나와 아내는 그것도 내 집이라고 아무 소리 없이 살았다. 남이 준 강아지를 기르고, 염소랑 토끼랑 병아리를 치고 오리도 쳤다. 집터서리*를 일구어서 여러 가지 채소를 심고 화초도 가꾸었다. 박광서 씨가 얻어다 준 은행나무와, 화성군의 문학청년 홍일선시인 씨가 아무도 없는 사이에 와서 심어 놓고 간 잣나무 두 그루는 어느덧 아름드리로 자랐다.

이 마을의 주민이 된 첫해 1년 동안, 나와 아내는 온 동네 사람의 구경거리 혹은 관찰 대상자였던 모양이었다. 그것은 어쩌면 당연한 일이었는지도 모를 일이었다. 동네 사람들은 이해할 수 없는 일이 많았다. 첫째는 낙향의 이유였다. 다들 서울로 올라가지 못해 안달인데 도리어 한촌*으로 내려왔으니 혐의적은* 노릇이 아닐 수 없었다. 다음은 생업이 무엇인지 알 수 없는 일이었다. 집에 헌책이 많은 것을 보면 서울에서 책 외판원을 하다가 망한 것이 분명한데, 혹자는 글 쓰는 사람이라고 하고, 혹자는 글씨 쓰는 사람이라고 하고, 혹자는 책 쓰는 사람이라고도 하니, 글 쓰는 것, 글씨 쓰는 것, 책 쓰는 것이 같은 것인지 다른 것인지, 같으면 무엇이 같고 다르면 어디가 다른 것인지 알 수가 없는 일이었다.

그러나 모르는 일보다는 아는 일이 더 많았다. 내가 술을 먹어도 보통으로 먹는 술이 아니라는 것. 어디서나 두루춘풍*에 무골호인*처럼 물렁한 사람이라는 것. 담배와 커피에 인이 박인* 사람이라는 것.

말수가 적고 숫기가 없으며, 생전 가도 노래하는 법을 못 보고 스포츠에 무관심이라는 것. 내외가 검소하여 모양낼 줄을 모르며, 새우젓이고 개고기고 모든 음식을 가리지 않되 입맛은 경기비렝이'로 미각이 발달한 사람이라는 것. 부화장에서 나온 갓 깬 병아리를 백 마리씩 사다가 길러도 도중에 한 마리도 실패하지 않고 오롯이 기를 정도로 보기보다 찬찬한 성격이라는 것. 그리고 특히 농사가 직업인 사람 못지않게 농사일에 익숙하다는 것. 기타 생략.

나는 여기저기에 일구어 놓은 손바닥만 한 집터서리 밖에 감자 한두둑 심어 볼 농사치라곤 없었지만 일상적인 생활만큼은 본토박이 농부들과 하나도 다르지 않게 살았다. 장날 장을 보러 갈 때도 꺼먹고무신_{검정 고무신}을 신을 정도로 티가 나지 않도록 경계하였다. 모를 심거나 벼를 베는 농번기에는 찾아다니면서 허드렛일을 거들었다. 아내도 홀몸'이 아니었지만 일하는 집이 있으면 찾아가서 부엌일을 거들고, 들밥이 나갈 때는 들에 내가는 것을 거들었다. 또 색다른 반찬이 있는 날은 땡볕에서 김매는 노파에게 술을 갖다 드리고, 시원한 탄산음료나 설탕을 탄 얼음물을 내가서 더위를 덜어 주기도 하였다.

하루는 동네 어른 한 분이 이런 말을 하였다.

"이씨, 고맙수. 처음에는 다들 걱정했었수. 예술가라고 허길래 예술적으로 살면 어쩌나 허구…… . 그런데 그게 아니시데. 외려 애들두 공부허는 분위기루 바뀌구. 다들 여간 고마워허지 않습디다."

말하자면 잘 입고 잘 먹고 잘 쓰고 잘 놀고 해서 동네의 공기를 흐려 놓으리라는 것이 공론이었는데 쓸데없는 기우˚였고, 날마다 동네 학동들이 몰려들어 숙제를 해 가고 있으니 그런 다행이 없다는 것이었다. 면찬面讚˚은 과찬이게 마련이었다. 동네의 학동이 우리 집에 몰린 것은 동네에서 유일하게 사전과 옥편이 있었기 때문이었으니까. 밤 10시쯤 되면 "어서 불꺼라. 전기 닳는다" 하고 공부하는 아이를 꾸짖던 어느 집 할머니의 호통 소리가 가뭇˚ 사라진 것도 그 무렵의 일이었다.

하루는 또 이런 말도 들었다.

"이씨는 팔자두 좋셔. 냄은 자구 새면 나와서 저물도록 밭고랑에 엎드려 사는데, 이씨는 왼종일 방에서 앉았다 누웠다 허구 있으니 팔자두 그런 상팔자가 어디 있수."

"동네 분들은 하루 종일 밖에 나와 살아야 먹구살구, 나는 식전부터 방문 처닫구 틀어박혀 있어야 먹구사니, 그건 팔자가 아니라 직업이우 직업."

"아녀. 애덜 있는 집에서 공부 않는 애덜 혼낼 때 뭐라면서 혼내는지 아우? 너두 커서 이씨처럼 일 않구 팔자 좋게 살구 싶걸랑 시방버터 공부혀! 아, 동네서는 다덜 그러구 혼낸다구요."

그로부터 나는 삼복三伏˚에 낮잠을 자더라도 남의 눈에 띄지 않게 문을 있는 대로 닫고 자는 것이 버릇이 되고 말았다.

동네에는 노인이 많았지만 젊은이도 열둘이나 되었다. 열둘 가운데 나와 동갑내기가 네 명, 나머지 여덟 명은 모두가 연하의 이십 대였다. 그들은 다 같이 계원이었다. 나는 적립금만큼의 회비를 한꺼번에 내고 계원으로 편입하였다. 아내 역시 부녀회의 회원이 되었다. 부녀회 회원은 울력°으로 동네일을 추는 데도 일등이었지만 모여서 노는 데도 일등이었다. 툭하면 장구를 치고 냄비 뚜껑을 두들겼다. 칠십 노인 시어머니와 홀로 된 젊은 며느리가 마주 서서 디스코를 추는 모습은 그림같이 아름답고 소중한 풍경이었다. 부녀회 회원들은 농한기뿐 아니라 농번기에도 날만 궂었다 하면 어느 집엔가에 모여서 만두를 빚거나 떡을 찌거나 밀전병을 부치면서 하루를 보냈다. 부녀회 회원들은 지금도 만나면 이구동성으로 "뭐니 뭐니 해도 이 선생네가 와서 살 때가 제일 재미있게 살았던 때 같다" 면서 저마다 추억에 잠기곤 한다. 우리 부부가 모처럼 발안에 함께 갔던 작년 겨울에도 여러 부녀회 회원이 함박눈을 맞으면서 장터로 몰려나왔고, 마침내 각자가 남편을 불러내어 날이 채 어둡기도 전부터 유흥장으로 몰려가서, 맥주와 노래와 춤으로 자정이 지나는 줄도 모르고 회포를 풀기도 하였다.

힘을 합쳐 동네일을 하는 데도 일등, 모여서 노는 데도 일등인 것은 부녀회 회원만이 아니었다. 우리 계원들은 어느 모로나 한술 더 떴다. 그중의 상당 부분은 내가 바로 장본인이었지만, 그러나 그 '하면

된다'던 일을 드디어 되게 하는 일이나, 그 '한다 하면 한다'는 놀이를 우선 하고 보는 기질과 능력은 계원 하나하나가 모두 일등 위의 특등이었다. 계원들은 지금도 만나면 이렇게 말한다.

"에이ㅡ. 이 선생네가 이사 가니까 동네가 영 망했더라구요. 이젠 도루 내려오셔. 언제쯤 내려오실려?"

동네가 망했더라는 말은 두말할 것도 없이 허전하고 심심해졌다는 말이다. 그들은 내가 그 동네를 떠나 서울로 이사한 지 13년째 접어드는 지금까지도 끝내 동네 사람 명단에서 내 이름을 지우지 않고 있다. 내 생각에도 그곳은 여전히 '우리 동네'다. 소설집 제목으로서의 '우리 동네'가 아니라, 내 마음을 차지하고 있는 부분이 그만큼 넓다는 뜻에서 우리 동네인 것이다. 이사하고 나니 망했다는 기분은 나도 마찬가지였다. 나야말로 많은 것을 얻고 배우고 깨달은 곳이 그 우리 동네였다. 그곳은 물론 놀던 물이 분명한 곳이었다. 그렇지만 내가 얻고 배우고 깨달은 것은 한결같이 미처 예상하지 못했던 것들이었다. 그리고 그것이 현실이었다. 그러므로 현실적으로는 낯선 물이었다.

두물머리

어느 날 이웃에 사는 영감이 우리 집에 마을* 와서 이렇게 물었다.

"이씨, 세상에서 젤 짠 사람이 어딧 사람인지 아셔?"

"갯가 사람이겠지요."

"그럼 갯가 사람 중에서두 젤 짠 사람은?"

내가 대답을 못하자 영감은,

"그럼, 이런 말은 들어 보셨어? 산 김가 열이 죽은 최가 하나 못 당허구, 산 최가 열이 해주 사람 하나 못 당허구, 해주 사람 열이 개성 사람 하나 못 당허구, 개성 사람 열이 강화 사람 하나 못 당하구, 강화 사람 열이 수원 사람 하나 못 당헌다는 말 말여."

"그건 어디서 들었나 읽었나, 금시초문은 아닌 것 같은데요."

"그럼 깍쟁이 중에서두 돌깍쟁이인 수원 사람 찜 쪄 먹구 사는 게 어딧 사람인지는?"

"그건 모르겠는데요."

"차차 알게 될 게요. 그게 바루 우리 화성 사람들이니께. 그중에서 두 벌거벗구 팔십 리를 뛴 건 우리 발안 사람이구."

전에 발안 사람 하나가 안양 교도소에 있다가 한겨울 오밤중에 탈옥을 했는데 바야흐로 날이 새자 마라톤 연습생으로 가장하기 위해 걸치고 있던 수의囚衣를 벗어 던지고 팬티 바람으로 발안의 자기 집까지 뛰어온 일이 있었다는 거였다.

내가 물었다.

"그럼 수원 사람 열이 화성 사람 하나 못 당허구, 화성 사람 열이 발안 사람 하나를 못 당헌다 그 말씀인가요?"

영감이 대답했다.

"두말하면 잔소리지. 그래두 짜기는 남양 사람이 더 짜. 남양 가 보셨어?"

"못 가 봤어요."

"가 보셔. 꼭 한번 가 보라구. 하여커나 얼마나 짠지……."

영감은 새삼스레 고개를 설레설레 흔들고 나서 자기가 겪은 일을 들려주었다.

몇 해 전이었나, 영감이 아직 민방위대에서 벗어나기 전이었다. 한여름이었다. 남양만 근처의 갯가로 무장간첩이 올라왔다는 소문과 함께 민방위 대원까지 비상소집을 하여 총을 나누어 주었다. 간첩을 잡을 때까지 며칠이고 경비를 서야 한다는 것이었다. 우리 동네 민방위 대원이 배치된 곳은 남양면의 장터 거리였다. 대개 50m에 한 사람 꼴로 보초를 서게 하였다. 영감은 지루하고 따분하여 붙저지를 못하던 중에 우연히 고개를 쳐들었다가 갯가 쪽 하늘에 난리가 난 것을 발견하였다. 먹구름이 진을 치기 시작한 것이었다. 구름으로 보나 바람결로 보나 소나기를 해도 웬만큼 하고 말 기미가 아니었다. 소나기 정도로 초소 이탈을 허용할 리도 만무하고, 무슨 수를 써서라도 대비는 해야 할 것 같았다. 사방을 둘러보니 마침 바로 옆에 지물포가 있고, 그 한구석에 비닐 더미가 보였다. 그때만 해도 비닐은 지물포에서나 파는 물건이었다. 비닐은 원통형이라 한 발쯤 끊어서 한쪽 끝을 매면 그대로 자루가 되는 것이었다. 그러니 두 발쯤 끊어서 자루를 만들어

머리부터 뒤집어쓰면, 소나기 아니라 세상없는 비가 오더라도 끄떡없을 터이었다. 영감의 주머니에는 단돈 백 원 한 닢밖에 없었으나 값이 1m에 20원이라 하여 적이 마음이 놓였다. 값만 물어 놓고 사지 않은 것도 마음이 느긋해졌기 때문이었다. 또 가게가 바로 코앞에 있으니 빗발을 시작한 뒤에 사더라도 늦을 턱이 없는 일이었다. 구름장이 점점 다가오고 있었다. 슬슬 비닐이나 끊어 놓을까 하고 다시 가서 물어보니, 주인은 눈 하나 까딱 않고 1m에 40원이라는 것이었다. 영감은 비위가 상하여 속으로 '누가 팔아 주나 봐라' 하며 돌아섰다. 정말 웬만한 비라면 오기로라도 그냥 견뎌 볼 셈이었다. 그런데 그 생각을 다지기도 전에 하늘이 구름에 뒤덮이고 벌써 빗발을 하는 것이었다. 영감은 하는 수 없이 그 가게로 뛰어가서 비닐을 끊기로 하였다. 그런데 이번에는 1m에 70원을 부르는 거였다. 영감이 기가 막혀 하고 있는 사이 보초를 섰던 우리 동네 사람들이 모여들었다. 영감과 같은 생각을 한 사람들이었다. 가게 주인은 다시 80원으로 올렸다. 영감은 끝끝내 비닐을 사지 않았다. 돈을 꾸어 주마고 해도 사양하였다. 돈이 썩어도 사고 싶지가 않았다. 아니 팔아 주고 싶지가 않았다. 영감은 종내끝내 그 비를 다 맞았고, 비상은 이튿날 식전에야 해제되었다.

"그럼 누가 더 짠 겁니까?"

"짜기야 그쪽 사람들이 짜지."

"그럼 그쪽 사람이 이긴 겁니까?"

"이기기는 내가 이긴 거구."

"겨울에 벌거벗구 팔십 리를 뛴 사람이나, 밤새 비 맞구 보초 슨 양반이나 세긴 세네요."

"세기야 센 데지, 센 덴데, 예전버터 뭐가 센 덴지 아서?"

"뭐가 센 덴데요?"

"바람이 센 데요, 바람이, 그래서 발안, 바―란이라구 부른다는 게요."

세기는 세었다. 우리 동네의 우리 계원 열두 명이 떼 지어 나가면 어디를 가더라도 거리낄 것이 없었다. 무슨 일이나 하기로 작정만 하면 해내는 사람들이었다. 나는 계원들과 어울려 다니는 것이 무엇보다도 좋았다. 그들이 가자는 곳이면 어디든지 따라가고, 그들이 하자는 것이면 무슨 일이든지 함께하였다.

동네 청년들과 어울려서 하고 다닌 일 가운데 지금도 종종 생각나는 것은, 개하고 아무 원수진 일도 없으면서 유난스레 개를 많이 잡아먹은 일이었다. 그때만 해도 개는 어디까지나 갯값에 불과하여 개를 한 마리 잡더라도 맘먹어야 잡던 것은 아니었다. 그러나 얼른 손이 가는 일도 아니었다. 개 잡아먹고 인심 잃는다는 속담도 있거니와, 개 잡아먹은 자리는 꿩 구워 먹은 자리와 같을 수가 없는 까닭이었다. 몇몇이 추렴*을 하여 잡더라도 동네에 노인네가 많아서 걸리고 껄쩍지근하여 먹을 수가 없고, 그렇다고 노인네도 한 그릇 애도 한 그릇 하다 보면 정작 먹잘 것이 없고, 그리하여 생각은 꿀떡 같아도 처다만 볼 수밖에 없어, 한 번 처다볼 것도 두 번 처다보게 되고, 내동^{일껫} 고 이 보던 것도 으레 흘겨보게 되던 것이 동네 개들이었던 것이다.

식전부터 비가 오던 날이었다. 아침나절부터 계원들이 하나 둘 우리 집으로 모여들었다. 다들 심심해서 왔다는 것이었다. 자연스럽게 개 타령이 흘러나왔다. 마침 날이 갤 기미도 없고 하니, 누구네 개를 누구네 집에서 해 먹으면 남의 눈에 띌 리도 없고 아주 십상 좋겠다는 거였다. 그런데 문제는 그 다음이었다. 술은 외상을 긋는다 해도 갯값이 없는 거였다. 그러자 누군가 말했다.

"외상이면 소두 잡어먹는 판에 개를 못 잡는대서야 말이나 되여?"

"맞어."

계원들은 우산도 없이 우르르 하고 개가 있는 집으로 몰려갔다. 낮 잠 자던 아주머니를 깨워 아닌 밤중에 홍두깨로 다짜고짜 개를 가리키며 얼마에 달라고 졸랐다. 내놓지도 않은 개를 팔라고 부득부득 졸라서 흥정이 되자, 이번에는 반죽도 좋게 돈은 다음에 주마고 하였다. 그 집 아주머니는 별꼴을 다 본다고 발끈하면서,

"없으면 말지, 날 궂는 날 무슨 바람이 불었길래 자는 사람까지 깨워설랑은 이 난리덜인지 모르겠네. 없으면 말어. 돈두 굳구, 잘됐지 뭐여."

그 집 아주머니는 퉁명을 부렸지만 애초에 그런다고 물러설 위인

들이 아니었다. 이윽고 그중의 하나가 두어 걸음 다가서며 은근하게 말했다.

"아주머니두 참, 우덜이 언제 냄의 살 밝히는 거 보셨어요? 저 이 선생이 전버팀 생각이 있어 허시길래 예까지 와 본 거지요."

그 집 아주머니는 그제야 나를 알아보는 눈치더니 그럼 그러라고 선선히 허락하는 것이었다.

그로부터 계원들은 한 파수°가 멀다 하고 개를 추내었다. 어느덧 동네에 개가 귀해지니 아랫말에 가서 사 오고, 아랫말에서도 드물어진 뒤에는 이 동네 저 동네로 원정을 다니면서까지 개를 구하였다.

노인들은 동네 젊은이들이 만날 저희만 알게 모여서 도리기°하고 마는 것이 서운하여 그때마다 말비침°을 하였다.

"자네덜은 어제두 뫼설랑은이 뭐 했더라메?"

"글쎄, 어제두 저 이 선생이 댕기면서 바뻐 죽겠는 사람 충동충동 충동거려설랑은이 그렇게 됐지 뭐유."

계원들은 열 번이면 열 번 으레 나를 주모자로 만들어서 핑계를 대는 것이었다. 그리고 달포쯤 지나자 노인네들도 가끔가다 나를 찾기 시작했다. 따라가 보면 거기 역시 짚불에 그스르고 화덕 불에 삶는 일이었다. 나는 거기서도 추럼새°를 물었다. 계원들을 오면가면 길에서 노인들을 만나면 그냥 지나치지 않았다.

"어제 동네 어른들끼리 저기 뫼설랑은이 뭣들 하셨다메요?"

노인네들도 번번이 나를 끌어대었다.

"아, 저 이씨가 언제버텀 우덜두 한번 허자구 허자구 해 쌓는 것을 바뻐서 못허다가, 어제 마침 날두 덥구 복(伏)*두 있구 허니께 묏던 거지 뭐여."

개고기가 몸에 좋다나 건강에 좋다나 해서 개고기만 보면 인사불성이 되는 이도 있지만, 한 3년 김치 다음으로 많이 먹어 본 내 경험으로는 한갓 지어낸 소리에 지나지 않는 말일 뿐이었다. 그래서 지금은 누가 무슨 소리를 해도 곧이듣지 않을 뿐 아니라 이젠 십유삼 년이 넘도록 쳐다도 안 보게 되었다.

다음으로 생각나는 것은 섣달 그믐께의 망년회와 천렵이었다. 어느 해인가는 매일같이 일주일을 계속하고도 양에 안 차서 "오늘일랑 올 마지막으로 통일벼 한 가마씩 내놓구 먹자"는 주장에 따라 저마다 통일벼 한 가마니 값을 내고, 군수나 서장이 오면가면 먹는 집에 가서 그 집을 몽땅 전세 내어 논 일도 있었다. 극성이 지나쳐서 아침부터 눈발이 자욱한 날 남양호 옆의 수로(水路)까지 찾아가서 천렵으로 하루해를 저물릴 때도 있었다. 살얼음이 낀 보(洑)*나 내의 돌을 쳐서 자는 고기를 잡는 것은 봤어도, 두께가 한 치나 되는 언 수로의 얼음을 깨고 맨발로 들어가서 얼음장을 들어낸 뒤에 그물질을 해 보기는 그때가 처음이었다. 남의 논배미*에 쌓아 둔 짚가리*를 헐어다가 눈 속에 모닥불을 피워 언 발을 녹이면서, 철사 토막에 꿰어 짚불에 구운 살찐

살진 송사리를 안주로 술을 마시는 맛은, 직접 해 본 사람이 아니면 열 나절*을 두고 떠들어도 짐작조차 아니 갈 터이다.

봄에는 어린것들을 데리고 다니면서 우렁이를 잡았고, 가을에는 산밤을 털고, 개암을 줍고, 도토리도 따고, 메뚜기도 잡곤 하였다. 이 이야기는 동시로 엮어서 『개구쟁이 산복이』란 제목의 동시집에 담았거니와, 특히 우렁이에 딸린 이야기는 아직껏 소설로도 못다 한 이야기가 있다.

시골도 농약 등쌀에 남아나는 것이 없다고들 해 쌓지만, 일러두건대 저 대자연 속의 생명력이란 오늘날의 식자들이 말하는 것처럼 그렇게 만만한 것이 아니다. 하찮은 나무 한 그루의 수명도 인간의 수명에 견줄 바가 아님을 안다면, 논리를 위한 논리인 논리상의 멸종론 또한 사실에 견줄 바가 아님을 알아야 할 것이다.

논에서 우렁이가 사라졌다고들 하지만 모든 논이 다 그 지경이 된 건 아닌 것이다. 나는 그것을 백로에게서 배웠다. 메뚜기도 마찬가지란 것은 개구리가 가르쳐 주었다. 백로는 못자리를 할 어름부터 마을에 나타나 논배미에서 살았다. 백로는 아무 논배미나 기웃거리는 것이 아니었다. 백로가 좋아하는 논배미는 따로 있었다. 알고 보니 논 임자가 동네에서 가장 게으르거나 늘 바쁘게 나돌아다니는 사람네의 논만을 골라서 앉는 것이었다. 논두렁에 논 임자가 누구라고 말뚝에 써 박았을 리가 없고, 말뚝에 써 박은들 백로에 국문 해득자解得者가 있을 리도 없건만, 백로는 해마다 앉는 논에만 앉기로 아예 작정을 하고서 오는 것처럼 하였다. 게으르거나 바쁜 집은 논을 둘러보는 일이 드물고, 둘러보는 일이 드무니 농약을 하는 일도 드물어서, 자연히 사라졌던 우렁이가 다시 와서 살게 된 것이었다. 백로가 앉는 논에는 개구리도 뛰었다. 백로에 쫓겨서 뛰는 것이 아니라 뛰는 메뚜기를 쫓아서 뛰는 것이었다.

내가 이 '우리 동네'에서 3년 반 동안 살다가 서울로 이사를 한 1980년 11월 초하룻날 식전이었다. 이삿짐도 싣기 전에 계원들이 모여들었다. 그들은 모두 빈손이 아니었다. 이사 가서 떡 해 먹으라고 찹쌀이나 멥쌀을 한 자루 가져온 이도 있고 팥 자루나 콩 자루를 들고 온 이도 있고, 고구마를 한 포대 메고 온 이도 있었다. 또 가서 얼마 안 있으면 김장철이라고 하여 무를 한 짐 뽑아 오거나 통이 찬 배추를 한 지게 지고 온 이도 있었다. 뿐만 아니라 동네 사람 전체의 이름으로 파이렉스* 식기 한 세트를 선물로 해 오기도 하였다. 그러나 더욱 놀란 것은 얼큰하게 무친 우렁이 회를 쟁반마다 수북수북하게 세 쟁반이나 해 온 일이었다. 짐을 다 실으면 송별회를 하려고 우리도 고깃근이나 사다가 한창 지지고 볶고 하던 참이었지만, 바로 뒷집에서 소문도 없이 해 온 그 우렁이 회야말로 누구에게나 자랑하고 싶은 그날의 압권이었던 것이다.

계원들은 우리가 서울로 이사하는 것을 막지 못하는 대신에 뜻 있

는 선물을 하기로 의논하였고, 내가 우렁이를 좋아하던 일이 생각나
자 송별연에 우렁이 회를 내놓기로 말이 된 것이었다. 자고 나면 서리
가 허열 때였다. 그러므로 우렁이를 잡으려면 천상 저수지의 수문을
열고 물을 모두 뺀 다음 저수지 바닥의 뻘밭_{개펄}을 뒤지는 수밖에 없었
다. 그들은 그러기로 작정하였다. 그리하여 전날 저녁부터 수문을 열
어 밤새도록 물을 빼었고, 먼동이 후여할 때부터 여럿이 뻘밭에 들어
가 추위를 무릅쓰고 더듬어서 그 많은 우렁이를 장만한 것이었다.

고개를 넘어 저수지에 가서 수문을 열고, 물이 빠질 때까지 자지
않고 기다리고, 물이 어지간히 빠지자 물속에 들어가서 뻘밭을 뒤지
고, 우렁이 자루를 지고 와서 씻고, 씻은 것을 삶고, 삶은 것을 일일이
바늘로 까고, 깐 것을 다시 씻어서 양념에 무치고 하는 동안, 대체 몇
사람이 밤공기에 떨고, 찬물에 떨고, 젖은 옷에 떨고 했을 것인가. 지
금도 그 생각을 하면 가슴이 메인다.

하다 보니 먹는 이야기부터 하게 되어 자칫하면 나나 계원들이나
오로지 먹는 것밖에 몰랐던 날건달로 보이기가 십상일 터이나, 실상
은 그렇지 않다.

계원들은 일에 매우 부지런하고 일마다 몹시 성실한 농부였으며
그것이 제 고장에서 내처 붙박이로 남아 있게 된 큰 이유의 하나였다.
우리도 한번 살아 볼 날이 있겠지 하는 소박한 희망을 놓지 않았고,
그날이 있기까지 어떡해서든지 살아 보려고 애쓰는 착실하고 건강한

농부요 똑똑하고 경위* 있는 청년들이었다. 따라서 이 나무랄 데 없는 이웃들과 허물없는 사이로 지낸다는 것은, 사방이 꼭꼭 막힌 유신 시대에 어쩌면 유일하게 트여 있던 숨통이었는지도 모를 일이었다. 또 하루하루를 되도록이면 이웃과 한 무리가 되어서 소일하고자 했던 것도 대개가 그런 까닭이었는지 몰랐다.

나는 발안 국민학교 운동장에서 하는 민방위 교육에 개근상을 탈 만큼 착실히 다녔다. 민방위 교육장은 수백 명의 알짜 농부가 한자리에 모여서 저 생긴 대로 떠들 수 있는 유일한 장소였다. 촌사람은 장날이 생일날이라고 해 왔지만, 교육을 하는 오전은 아무하고나 노닥거리면서 놀고, 해산을 한 오후에는 그럴 만한 사이끼리 만나서 술타령으로 쉴 수 있는 민방위 교육 날이야말로 농민들에게는 임시 명절이나 다름이 없었던 것이다.

그러나 나는 그날이 바로 숙제를 하는 날이었다. 그네들과 어울리면서 말속에 숨은 침묵을 엿보거나 침묵 속에 숨긴 말을 엿듣는 것이, 나에게는 숙제를 하면서 슬그머니 참고서를 베끼는 것과 하나도 다를 것이 없었던 것이다.

숙제만 했던 것이 아니라 과외 공부도 하였다. 농사도 짓지 않으면서 농촌 지도소의 영농 교육을 받은 것이 곧 과외 공부였다. 영농 교육장에 가 보면 늘 인원 미달이었다. 인원 미달은 우선 마을 단위 영농회 회장으로 회원 동원에 전적인 책임이 있는 이장에게 불리한 일이었다. 면장을 보기도 민망하고, 농촌 지도소장을 대하기도 미안하고, 단위 조합장을 만나더라도 무안할 수밖에 없는 일이었다. 그러니 이장은 아무나 나와서 머릿수만 보태 주어도 고마운 처지였다. 영농 교육장에 가면 맨맛에 푸석푸석한 빵 두 개와 우유 한 잔을 점심이라고 주었다. 누구도 달가워하지 않는 허술한 대접이었다. 그래도 나는 영농 교육장마다 따라다녔다. 영농회 회원도 아니면서 그러고 다녔으니 도강에다가 불법 과외를 겸한 셈이었다. 처음에는 이장을 돕는 뜻에서 나가기 시작한 거였으나, 나중에는 새로운 농법과 새로운 품종과 새로운 문제들을 알기 위해서도 아니 가 볼 수가 없었던 것이다. 무릇 '찬란한 반만년 역사'의 유산이었던 보리밥과 보릿고개를 농촌에서 몰아낸 위대한 혁명아 통일벼—. 정부의 양산주의量産主義* 농정農政에 따라 다수확 신품종으로 개명까지 해 가면서, 농촌의 유전병적 상속이었던 절량농가絶糧農家*를 단절시키는 데에 앞장섰다가 마침내 소임을 다하고 작년에 이르러 역사 속의 품종으로 은퇴한 '노풍'이니 '내경'이니 하는 통일벼의 창조자가 육종학자 박노풍 씨와 박내경 씨라는 것도 영농 교육장에서 알게 된 일이었다.

교육 동원에만 응한 것이 아니라 노력 동원에도 나갔다. 취락 구조 개선 사업을 벌여 놓은 딴 동네의 노력 봉사에 동원되어, 삼복더위에 왕복 이십여 리를 연장까지 들고 걸어 다닌 일도 있었다. 물론 우리 동네의 새마을 운동에도 울력이 되어서 나갔다. 계원들이 동네 빈 터에 수십 평짜리의 공동 축사를 짓기로 결의하자 나도 계원의 하나로 기꺼이 연장을 들게 되었다. 이 울력은 봄철에 거의 한 달이나 걸렸다. 나는 모래를 치고 시멘트를 개고 물도 길었다. 자갈과 벽돌과 슬레이트˚를 날랐으며, 또한 상량문˚을 쓰기도 하였다.

그런가 하면 계원의 요청에 따라 발안 출신의 프로 권투 선수 후원회에 후원금을 내기도 하고, 발안 체육회 주최의 리˚ 대항 축구 시합에 응원 부대로 나가기도 하였다. 나는 이렇게 어울리는 동안에 우리 동네 사람들이 매우 진취적이고 활동적이며 보기 드문 낙천주의자란 사실을 알게 되었다. 그런 모습은 『관촌수필』에 모으려고 했던 고향 사람들과 딴판으로 낯설면서도 새로운 신뢰감을 자아내게 하는 신선한 충격이었다.

두 물줄기가 만나서 한 줄기로 합치는 곳을 흔히 합수머리[合水里]라고도 하고 두물머리[兩水里]라고도 하는 것 같다. 나에게는 발안이 곧 그런 곳이었다. 놀던 물과 낯선 물이 만나는 추억과 현실의 두물머리였다.

화롯불

발안으로 옮긴 지 다섯 달 만에 체중을 달아 보니 68kg이었다. 다섯 달 동안에 무려 10kg이나 준 것이었다. 몸살 한 번 앓은 일 없이 오직 저절로 허물어지도록 내버려 두었던 집을 이리저리 손보고, 집터서리를 일구어 채소를 가꾸고, 가축을 기르고, 땔나무를 하고, 또 틈틈이 남의 집 일을 거들고 하는 동안에 자신도 모르게 땀을 흘리고 난 나머지가 그 체중이었던 것이다.

발안으로 옮기게 된 목적 가운데의 하나가 체중 조절이었는데 그것이 벌써 이루어진 것이었다.

그 다음 목적은 두말할 것도 없이 글을 쓰는 일이었다. 한때는 스스로 절필絶筆을 했던 적도 있었다. 1975년 11월 18일, 자유실천문인협의회의 첫돌을 기하여 붓을 꺾기로 했던 것이다. 남들은 몰라도 나는 그 이유가 단순하였다. 표현의 자유가 보장되지 않은 한 곡필曲筆의 가능성만이 보장된다는 것, 그러므로 곡필을 하는 쪽보다는 절필을 하는 쪽이 낫겠다는 것이었다.

그러나 절필이 제돌1년에 이르자 다시금 붓을 들기로 하였다. 기필起筆의 이유 역시 단순하였다. 스스로 생각하건대 비록 반벙어리 소리밖에는 할 수가 없는 환경이라고 하더라도, 그저 벙어리 시늉이나 해가면서 마냥 죽어지내기만 하는 것보다는, 서툰 반벙어리 소리일망정 그래도 할 때는 해 가면서 지내는 것이 낫겠다는 것이었다.

그리하여 붓을 들기는 했지만 그렇다고 해서 글이 아무 때 아무 곳에서나 마음대로 쓰여지는 것은 아니었다. 1년 동안 손을 놓은 탓이었는지, 글을 쓰는 일이 오히려 남의 일 같게만 여겨지던 때도 한두 번이 아니었다. 그러자 분위기를 한번 쇄신해 보면 어떨까 하는 생각이 차츰 자리를 잡아가고 있었고, 그와 때를 함께하여 박광서 씨의 초대로 발안에 초행을 하게 되면서, 그 집필 분위기 쇄신의 필요성과 놀던 물에 대한 그리움이 어우러지고, 그 위에 체중 조절에 대한 희망까지 되살아남으로써 발안에 온 목적의 쌍벽을 이루게 된 것이었다.

분위기가 바뀌었으므로 글을 쓰기로 하였다. 분위기가 바뀐 김에 새로운 소재를 개발하여 새로운 모습을 보이자는 것도 아니었다. 쓰다가 중동무이* 하고 접어 두었던 것을 꺼내어 고칠 데를 고치고, 그리고 내처 이어 써서 끝을 보자는 것뿐이었다. 그 소설은 월간지에 1년 동안이나 실리고도 미완성으로 방치한 것이어서, 그때까지만 해도 마음 한구석에 늘 걸리던 물건이기도 하였다.

그런데 막상 와서 살아 보니 그것도 아니었다. 놀던 물과 낯선 물이 만나는 두물머리의 소용돌이. 나는 이 정신적인 소용돌이부터 한 가닥씩 추려서 정리해 보고 싶은 마음이 앞서는 것이었다. 건성으로 보면 그날이 그날 같고, 그 일이 그 일 같고, 그 말이 그 말 같을 터이나, 가만히 여겨보고 있으면 그것이 아니었다. 그것은 또 발안 지역이나 우리 동네에만 있는 일이 아니라 문제점으로 지목된 것일수록 전국이 평준화된 문제인 듯싶었다.

나는 우선 그것부터 써 보기로 하였다. 이를테면 아무도 손을 안 댄 자재가 새물내* 를 풍기면서 임자 없이 길에 널려 있을 때, 더욱이 생전 거들떠보는 이조차 없어 고스란히 버려진 채 제물에* 퇴색해 가는 자재일 때, 그래서 아무나 먼저 집는 사람이 임자라고들 할 때, 그때 마침 집이 없어 서럽던 사람 하나가 우연히 보고 그 자재를 거두어 제집을 장만하되, 기껏 한다는 짓이 하필이면 오래전에 반도 못 짓고 버려 두어 진작 폐가나 다름없이 된 헌 집을 골라서, 반은 고치고 반은 내 짓고 하여 내 집이랍시고 들어앉는다면, 그런 사람이야말로 집주인은 고사하고 세 들어 살 자격부터 의심을 받지 않을 수 없으리라는 생각이었다.

　나는 글을 쓰되 발안이나 우리 동네, 또는 옆 동네, 옆옆 동네의 일 따위, 어느 특정 지역의 이야기는 피하기로 하였다. 국지적인 사안을 모든 농촌의 일반적인 문제인 양 부풀린다는 것은 하릴없는° 소설 초년생의 모험심과 삼촌 아니면 사촌일 터이기 때문이었다. 장편 소설로 쓸 생각도 없었다. 한 작품에 녹여 담을 능력도 없거니와 실어 줄 지면도 없었다. 주인공을 여럿 만들어서 한 인물마다 한 문제씩 맡기고 제 깜냥°껏 대처하도록 하였다. 어느 주인공도 특정한 누구를 모델로 하지 않았다. 내가 만난 사람은 죄다 모델이기도 하고 모두가 아니기도 하니 그저 장삼이사°의 이야기일 뿐이었다. 어차피 장삼이사의 이야기일진대 구태여 이야기마다 딴 제목을 붙이기 위해 가외°로 시간을 보낼 까닭도 없었다. 우리나라에 있는 성씨 가운데 인구가 많은 순서대로 김씨, 이씨, 정씨 하고 차례로 성씨를 붙여 나가면 그것이 기중 속편한 방법일 것 같았다. 그러나 박씨는 부득이 건너뛸 수밖에 없었다. 이유가 있었다. 앞에 말한 '미완성의 소설'을 잡지에 싣다가 스스로 중단하고 중앙정보부에서 이틀 밤을 자고 나올 때의 일이었다. 덮어놓고 가자고 하여 꼼짝없이 끌려가면서 무슨 일인가 했는데, 가서 보니 1년 동안 연재한 것을 잘 뜯어내어 솜씨도 좋게 한 권의 단행본처럼 가제본까지 해 놓고 나를 연행한 것이었다. 그들은 시종일관 나를 점잖게 작가로서 대했으나, 말끝마다 서로 얽히는 데가 있어서 수사에는 통 진전이 없었다. 나도 무엇이 '걸림돌'인지 알 수가 없어서 답답하기 짝이 없었다.

그런데 첫날 다 저녁때의 일이었다. 담당 직원이 상관의 갑작스런 호출로 잠깐 방을 비우는 틈이 생겼다. 방 안에 피의자만 놔두고 직원이 모두 자리를 비웠던 일은, 적어도 나에 관한 한 그때가 처음이었다. 나는 아무도 없는 순간에 그 문제의 가제본을 재빨리 집어다가 넘겨 보았다. 보니 군데군데 붉은 줄을 어지러이 그어 놓은 중에, 유독 좁쌀만씩 하게 방점을 찍어 놓은 글자가 따로 있었다. '박' 자였다. 아니 '박' 자가 아니라 등장인물의 성씨 가운데서 박씨 성만 찾아서 방점을 찍은 것이었다. 나는 비로소 수사가 부진했던 까닭이 무엇인지 짐작할 수 있었다. 방점이 찍힌 그 박씨 성의 인물이 그 소설에서 가장 부정적인 인물로 그려진 탓이었다. 그 인물은 또 그들 나름대로 박정희 씨를 빗댄 것이 아닌가 하고 오해를 할 수도 있게 된 인물이었다.

우리 동네 시대

하여간 여러 가지로 기가 막힌 대목이었다. 그렇지만 일단은 무엇이 걸림돌이었는지 알았으니 그에 대한 대책을 마련하지 않을 수가 없었고, 결국 그 대책이 그들의 마음을 움직인 바가 되어 나는 더 이상 국고˚를 축내지 않을 수가 있었던 것이다. 그런 일이 있고부터 나는 그런 일이 다시는 없도록 사뭇 장기적인 대책을 강구하지 않을 수가 없었다. 잠시 후 마침내 대책이 섰다. 대책이랬자 별난 대책도 아니었다. 부정적인 인물이 됐건 긍정적인 인물이 됐건 아예 모든 소설의 등장인물에 박씨 성만은 붙이지 말자는 것이었다. 그리고 실천하였다. 연작 소설 『우리 동네』에 박씨 성의 인물이 없는 이유인즉슨 이것이었다.

우리 동네 사람들이 모두 덕성과 품위가 있는 인물이라는 것은 앞에서 밝힌 바와 같다. 그러므로 거듭 강조할 필요도 없다. 그러나 말수가 적은 것은 답답한 일이었다. 정치·경제·사회적인 사안에만 무언거사˚를 자처하는 것이 아니라 농업적인 부분마저도 의견이 없는 것이었다. 이유는 분명하였다. 그놈의 10월유신˚이 13월 14월이 되어도 서슬˚이 시퍼렇기 때문이었다. 술김에 "유신인지 구신인지 고무신인지……" 하고 두런거렸다가 뼈도 못 추린 사람이 있다는 거였고, 화성군만 해도 중학교라나 고등학교라나, 좌우간 어느 학교의 국어교사 하나가 수업 중에 유신을 좋지 않게 말했다가 학생이 고발하는 바람에 한창 옥살이를 하고 있을 때이기도 하였다.

다들 말조심이 생활화되다 보니 무언 계층이 따로 있는 것이 아니었다. 말이 없다고 속도 없는 것이 아닐진대 말없이 견디는 사람들의 고초는 과연 어느 정도의 고초일 터인가. 만나도 피차 말을 삼가다 보니 어느덧 이웃 간에 만나는 일마저도 시나브로˚ 드물어진 눈치였다. 그러니 마을에 마을방이 없는 것도 하나 이상할 것이 없었다.

나는 이것을 깨기로 하였다. 다시 말해 마을방을 열기로 한 것이었다. 사람이 모이고, 모여서 이야기를 나누게 하자는 것이었다. 때는 마침 하는 일 없이 밤만 긴 겨울이었다. 따라서 그에 대한 준비도 간단하지가 않았다. 첫째는 장정 여남은이 밤 이슥토록 능히 먹고 마실 수 있게 술과 안주와 과일과 담배를 준비하는 일이었다. 안주는 돼지고기나 생선찌개를 위주로 했으나, 매번 같은 것을 내놓지 않기 위해 수원까지 나가서 장을 보는 일도 드물지 않았다. 둘째는 해거름녘부터 사랑방에 군불을 때는 일이었다. 방만 따뜻하면 되는 것도 아니었다. 방 한가운데에 반드시 화롯불이 있어야 했다. 방 가운데에 화롯불이 없는 방은 마치 다 있고 주인만 없는 방처럼 어딘지 모르게 허전하고 썰렁한 법이기 때문이었다. 더욱이 집집마다 거의가 연탄을 쓰고 있어서 모두가 후끈한 화롯불을 보면 헤어진 친구라도 만난 듯이 반색을 하며 다가앉았고, 누가 시키지 않아도 제각기 화롯불에 얽힌 어린 시절의 일을 추억하면서 자연스럽게 이야기판을 벌이게 마련이었던 것이다.

우리 동네 시대

나는 저녁 먹은 것이 다 내려가고 텔레비전의 연속극도 끝나서 바야흐로 따분해지기 시작할 즈음하여 전화를 걸었다. 집집마다 거는 것이 아니라 올 때 누구누구를 불러서 함께 오라고 방향별로 서너 집에만 걸면 되었다. 사람들은 기다렸다는 듯이 달려왔다. 오는 사람마다 자기 앞으로 화로를 끌어당겼다.

이윽고 술상이 들어오고 이야기판이 벌어졌다. 사람들은 가는 데마다 쉬쉬하는 이야기를 내게 시켰다. 나는 이미 내놓고 사는 지가 오래였으므로 아는 대로 늘어놓았고, 사람들은 내가 거침없이 뒤떠드는* 시국* 이야기로 묵은 체증을 풀면서 시국을 걱정하고 세태를 비웃었다.

사랑방의 전깃불은 번번이 닭이 두 홰나 울은 뒤에야 꺼졌다. 아내도 그제야 눈을 붙였다. 이 마을방은 선보름 후보름으로 나누어서 한 달에 두 번씩 열었다. 돈이 들어서 자주 열지 못했던 것이 아니었다. 온종일 연년생의 두 어린것에게 매어 사는 터수*에, 초저녁부터 새벽까지 찌개 솥을 데워 가며 열두 번도 넘게 부엌을 드나들어야 하는 아내의 수고 때문이었다. 큰놈이 겨우 두 돌, 작은놈은 막 첫돌이 지날 무렵의 일이었으니까. 함박눈이 펑펑 쏟아지는 날, 그 눈을 다 맞아 가며 두레박으로 물을 길어 두 아이의 기저귀를 빨던 때가 못내 그립다고 말하는 아내도, 밤새 부엌에서 떨게 했던 그 마을방의 술타령에 대해서는 별로 기억나는 일이 없다고 한다. 그러나 연작 소설 『우리 동네』는 그 마을방 그 화롯불 옆에서 술이 깬 다음날 태어난 것이었다.

글은 쓴다고 써도 속도는 늘 지지부진이었다. 역시 이유가 있었다. 이유 중에 능력 부족이야 필지*의 사유이지만, 그러나 그렇더라도 그것은 어디까지나 둘째였다. 속도뿐 아니라 짜임새가 허술하고 문장이 부드럽지 않은 것도 마찬가지였다.

무릇 사람의 일에는 일정한 흐름이 있거니와, 이 흐름이 흐트러진다는 것은 곧 일이 깨어진다는 것이요, 설사 깨어지기까지는 않더라도 크게 손상을 입는 것은 피할 수가 없는 것이다.

나에게는 늘 이 흐름을 흐트러뜨리는 이가 있었다. 있어도 하루 이틀도 아니고 한두 달도 아니었다. 사람도 한두 사람이 아니었다. 경찰관이 그들이었다. 소속은 초기엔 수원경찰서, 후기는 화성경찰서였고, 여기에 발안지서가 곁다리를 든 것은 초기나 후기나 변동이 없었다. 이제 소속은 따질 것 없고 다만 '내 담당' 역을 했던 이들의 성씨만을 기억나는 대로 꼽아 보면 박, 주, 유, 이, 홍, 정, 우, 신, 장, 이…… 얼핏 생각나는 이만 해도 벌써 열이나 되지만, 이들은 모두 '발순경' 급의 실무자들이요, 장ᴿ 자가 붙은 간부급은 치지도 않은 것이다. 물론 이들은 짧으면 두서너 달 만에 갈리고, 더러는 몇 번인가 보다가 낯이 익을 만하여 바뀐 이도 있으니, 이들이 모두 그 흐름을 흐트러뜨린 장본인들이라고 말할 수는 없을 것이다. 그러므로 나를 2년 동안 따라다닌 한 형사(이하 형씨로 표기함)에 관한 이야기로 줄여 보겠다.

형씨는 이십 대의 총각으로 화성경찰서가 첫 임지였다. 얼굴이 곱상한 까닭에 밖에 나오면 '거리의 법관'으로 보는 이가 없었는데, 전생에 무슨 악연인지 꼬박 이태두 해 동안이나 내 담당 노릇을 하게 되었다. 형씨는 월요일부터 토요일까지 오전 9시에 우리 집으로 출근했다가 오후 5시에 경찰서로 '퇴근'하였다. 일요일은 쉬었다. 그러나 3·1절이나 제헌절이나 광복절 같은 국경일은 발안에서 자고 다녔다. 형씨의 소임은 나를 관찰 또는 감시하거나 집에 연금하고 나들이와 여행을 통제하는 것이 아니라 그저 아무 데나 졸래졸래 따라다니는 일이었다. 서울은 말할 것도 없고, 송기숙 씨의 재판을 보러 광주에 가면 광주, 양성우 씨의 재판을 보러 청주에 가면 청주, 심지어 우리 동네 계원들과 설악산에 가면 설악산까지도 먼 길을 무릅쓰고 수고하기를 주저하지 않았다. 성공회와 기독교 회관 강당에서 민족문학의 밤이 열리고, 내가 행사에 사회를 보거나 시 낭독을 하면 어느 누구보다 진지한 표정으로 경청하는 청중 가운데의 청중이 되기도 하고, 가끔 서울 거리에서 길을 잘못 건너 교통경찰이 나를 부르기라도 하면, 저 먼저 재빨리 뛰어가 신분증을 내보이며 '우리 직원' 운운하여 불문에 부치도록 조치하니, 속 모르는 사람이 보기에는 하릴없는 수행 비서요 경호원이었다.

나는 또 실제로 이용도 하였다. 가령 광주나 대전에 반정부 행사가 있어서 가려면 천상 수원역에서 기차를 타게 되는데, 아시다시피 수원은 중간 역이라 으레 좌석표를 구할 수가 없었다. 나는 형씨에게 좌석표 구입의 책임을 맡겼다. 형씨는 아직 구렁이가 되긴 이른 때여서 없는 표를 구해 오라고 시킬 때마다, 처갓집에 가서 빚단련*을 하라는 소리라도 들은 것처럼 자못 싫은 얼굴을 하였다. 나는 그의 요령부득을 질타하며 윽박질렀다.

"여기서 거기가 어딘데 입석표루 서서 가겠다는 거요? 어서 역장한테 가 보시오."

"안 가시면 되잖아요."

"여기까지 와서 안 가? 그것두 못허겄으면 집에 가서 농사나 지어."

"가면 표가 있을까요?"

"그러니까 역장헌테 신분증 내보이구, 지금 보안법* 위반자 하나를 급히 압송하고 있다, 신문에 나도 크게 날 놈이다, 그러니 좌석표 두 장은 무슨 수를 써서라도 만들어 내야 허겄다— 이러라구. 아 이 말두 못혀?"

"좌우간 갔다 올게요."

가서 어떻게 하는지는 몰라도 좌우간 좌석표 두 장은 구해 오게 마련이었다.

한번은 동네 사람 하나가 와서 귀엣말을 하는데, 일찍이 가출하여 한수_{한강} 이북의 어느 기지촌*에서 뜨내기 공원 생활을 해 온 막내아

우가 친구의 자취방에서 트랜지스터라디오˚를 집어다가 술값으로 잡혀 먹고는 절도죄로 조사받고 있다는 것이었다. 말하자면 라디오 값을 변상하는 조건으로 아우를 빼내는 방법이 없겠느냐는 거였다. 나는 형씨를 불러서 빼내라고 하였다.

"관내두 아니구, 거긴 아는 이두 없는데 어떻게 빼냅니까. 그냥 살게 내버려 둬요."

형씨는 싫은 얼굴을 하면서 거절하였다.

"그럼 동네 사람들이 가만있을까. 그만한 일도 못 봐주면서 무슨 낯으루 이 동네에 드나드느냐구, 보면 다리몽둥이를 분질러 놓겠다구 벼르지 않을까."

"좌우간 알아보는 대루 알어는 보지요."

동네 사람이 이튿날 와서 아우가 풀려났다는 말을 하였다. 어떻게 풀려났는지는 몰라도 좌우간 나왔다고 식전에 전화를 했더라는 거였다.

형씨에 관한 이 비슷한 얘기를 모두 쓰면 아마 책으로 반 권은 넉넉할 것이다. 그 밖의 일은 생략한다.

앞에서 말한 대로 형씨의 근무처는 우리 집의 툇마루였다. 점심때가 되면 발안장터까지 나가서 사 먹고 왔다. 자전거도 없이 늘 걸어 다녔다. 비가 오는 날은 우리 집에서 차려 주었다. 형씨는 겨울에도 툇마루에서 지낼 수밖에 없었다. 내가 들어오라고 하기 전에는 방에 들어올 생각을 하지 않았다. 나는 늘 방으로 불러들였다. 겨울에는 하고한 날 점심을 같이 먹었다. 우리 집의 양식과 커피의 반의 반은 형씨가 축냈다고 해도 과언이 아닐 터였다.

"이씨, 국가 공무원을 개인이 사적인 경호원으로 써두 되는 거유? 그 형사 월급은 이씨가 줘야 해요. 아니면 세금을 남보다 몇 배 더 내시든지."

동네 사람들이 나더러 하는 농담이었다.

"그 대신에 우리 동네는 도둑맞는 집이 없잖아요."

"맞어."

형씨가 툇마루에 앉아 있는 동안은 글이 써지지 않았다. 새벽부터 쓰다가도 형씨가 출근하면 접어 두었다가 형씨가 퇴근한 뒤에야 뒤를 이어 나갔다. 그러나 이미 흐름이 흐트러진 뒤여서 붓이 나가지 않았다. 단편 한 편에 사흘을 넘기지 않았던 지난날의 속필주의는 어디 가고, 단편 하나를 시작하면 일주일도 걸리고 열흘도 걸리는 지필이 어느새 체질화되고 있었다.

글의 흐름을 흐트러뜨리는 것은 형씨만도 아니었다. 수원 부근이란 소문만 듣고 찾아오는 손님은 또 얼마였던가. 쓸데없이 신문에 소개되는 바람에 무전 여행자를 치른 것도 하나 둘이 아니었다. 나를 찾아 준 문인도 고 손소희 선생을 비롯하여 줄잡아서 백 명은 넘을 것이다. 자유실천문인협의회의 간사 회의를 열어 열댓 명이 몰려온 일도 한 번 있지만, 일가족이 또는 네댓 명이 패를 지어서 찾아온 일은 이루 헤아릴 수도 없다. 쌀은 봉지 쌀을 사 먹으면서도 냉장고부터 월부로 들여놓을 수밖에 없었던 이유가 그것이었다. 내방객은 일주일에 평균 두 팀이었다. 오면 술이요, 가면 쓰러져 누워 있는 게 내 일과였다.

　이만하면 작업장을 기차로 세 시간이나 걸리는 보령에다 장만한 이유도 짐작이 갈 것이다. 멀리 숨어 있으니 발안에서 살 때보다 좀 더 나은 글을 쓰게 될는지, 혹은 그만 못한 것을 쓰게 될는지, 그것은 나도 아직 알 수 없는 일이다.

인간이 한 포기의 풀을 이길 수 없다는 사실은, 인간이 아무리 위대한 존재라고 해도 세상을 인간적인 독선으로 경영하여, 자연을 하찮게 보고 업신여겨 함부로 다룰 권리가 없다는 것을 가르쳐 주는 것인지도 모를 일이다. 인간이 위대한 존재라면 저 길가에 있는 어린 풀 한 포기 또한 뜻이 있어서 났을 터이니, 다른 사람은 몰라도 초야에 사는 사람은 저 잡초를 보면서 느끼고 배우는 것도 한 가지 복으로 여기면서 사는 것이 옳을 성싶다.

제3부 잡초를 위하여

질화로의 무표정

시골에서 날을 보낼 때는 되도록이면 독서나 집필에만 정신을 두려
는 굳은 결심에 따른 것이지만, 작심삼일이라고 대개는 사흘이 못 가
서 한눈을 팔게 마련이었다. 차가 붐비지 않는 시골길을 달리면서 함
께 기분 전환을 꾀하자고 종종 차를 몰고 오는 친구가 있는데, 이를
뿌리치지 못하고 따라나서는 것도 사흘이 멀다 하고 한눈을 팔게 되
는 일의 하나였다.

어려서 고향을 떠난 처지라 고향이라고 하여 두루 안다는 듯이 장
담을 한 적도 없었지만 무엇보다도 직접 다녀 본 곳이 드물었다. 그
래서 차를 얻어 타고 시골길을 싸돌아다닐 계제가 생기면 으레 다녀
보지 않은 길이나 가 보지 않은 동네를 목적지로 하고 나서는 것이 상
례였다.

그런데 그렇게 한번 나섰다 하면 꼭 전에 언젠가 문득 느꼈던 것을

되풀이 느끼면서 스스로 실소失笑를 하기가 일쑤였다. 한눈을 판다는 말은 딴전을 본다는 말과 먼촌면 친척이 아니라는 느낌이 그것이었다.

다니다 보면 동네마다 늘 빈집이 한두 채는 있게 마련이었다. 식구들이 죄다 밖에 나가 비어 있는 집이 아니라 아예 딴 데로 옮겨 가서 비어 있는 집이었다. 시인 같으면 좋은 문자를 써서 '분위기 있는 집'으로 떠오르기에 십상 좋은 집들이지만, 나는 시인이 아닌지라 기껏 문자를 써 봤자 공가空家가 고작인 그런 집들이었다.

공가는 집집이 폐가였다. 부뚜막은 내려앉고 굴뚝은 주저앉고, 마루는 티끌이 켜켜로 쌓여 두께가 한 치인 데다 처마는 거미줄이 첩첩이고 보니 「무녀도」*의 모화네 집이 따로 있는 것이 아니었다.

그런데도 나는 그런 집들을 곧잘 기웃거렸다. 버리거나 흘리고 간 살림살이 가운데 혹 쓸 직한 것이 남아 있지 않을까 하여 헛간이나 마루 밑같이 어둑한 구석을 눈여겨보는 싱거운 버릇 탓이었다. 한눈팔이가 딴전* 보기와 집안 간이라는 느낌이 드는 것도 이때의 일이었다. 빈집털이는 사람이 없는 틈에 숨어들어서 돈 되는 것을 훔쳐 가는 도둑질의 하나이니 겁도 나겠지만, 나는 다 쓰러져 가는 폐가나 기웃거리는 폐가털이인데도 누가 보고 뭐라고 하는 것 같아 서둘러서 되돌아 나오는 것이 보통이었다. 살강* 밑에 다식판*이나 떡살*이 뒹굴고, 벽장이나 헛간 구석에 석유 등잔이 먼지에 파묻혀 있으면 더 바랄 것이 없는 횡재런마는 지나가다가 폐가만 보이면 번번이 들여다보고 싶은 것도 버릇이라면 고쳐야 할 버릇이 아닐 수 없을 것이다.

내 방에는 둘레가 한 아름이나 되는 '점잖게' 생긴 질화로 하나가 잘 모셔져 있다. 여태껏 늘어놓은 대로 빈집털이의 장물이 아니라 폐가털이의 폐물이다. 그러나 폐물이라니! 웬만하면 부손˚이나 부젓가락에, 하다못해 인두나 담뱃대에 부대껴서라도 전두리˚ 한두 군데에 이가 빠져 있거나 굽에 귀 떨어진 흠이라도 있을 법하건마는 멀쩡하기가 엊그제 가마에서 오롯이˚ 나온 모양 그대로이다. 뒤꼍의 굴뚝 옆댕이에서 못줄 뭉치와 비닐 끈 뭉텅이와 헌 고무신 따위를 가득 담고 삭은 재삼태기˚에 가려져 있을 적하고는 영 딴판이다.

질화로는 어쩌면 때가 지난 세간 가운데서도 대표적인 퇴물이 아닌지도 모를 일이다. 우선 누구도 다시는 찾을 일이 없을 만큼 깨끗하게 용도 폐기가 된 세간이 아닌가. 옹기 가마에서 질흙으로 빚어 말려서 잿물을 입히지 않은 채로 애벌구이를 하듯이 대강 구워 내는 질것˚은 지금도 심심치 않게 있다. 노인네가 있는 농가의 경우에 아직도 부엌에서 떡이며 약식이며 지에밥˚을 쪄 먹고 있고, 방에서는 여전히 콩나물이며 녹두나물숙주나물이며 엿기름이며를 길러 내고 있는 시루만 해도 바로 그 질것이 아니던가.

물론˚ 보잘것없는 두메에 가도 질동이에 물을 긷고 질항아리를 두멍˚으로 쓰는 집은 아마 없을 것이다. 아무리 밥이 쉬거나 마르지 않는다고 해도 전기밥통 놓아두고 질밥통을 쓰는 집은 없을 것이며, 싱

크대가 없기로서니 질자배기 개수통에다 설거지를 하는 원시적인 살림살이도 역시 찾아볼 수가 없을 것이다. 그러나 질밥통이나 첩약˚을 달였던 질탕관이며 장을 지져 먹었던 질뚝배기 등의 질것은, 더러 질둔(質鈍)하고 질고(質古)˚한 물건으로 실내 장식을 하는 질박한 취미도 있으므로, 장차 꽃병이나 화분으로 되살아날 가능성이 아주 없는 것도 아니다.

그렇지만 질화로는 사정이 사뭇 다르다. 70년대의 연료 혁명과 더불어 쓸모가 없어져 화롯불 세대마저도 아득한 기억 중에서 오죽잖은˚ 세간의 하나로 떠올릴 뿐이니 앞으로 어느 한갓진 사람이 귀꿈스럽게˚ 질화로를 찾을 것인가.

우리 동네에도 큰 옹기점이 있었다. 사람들은 옹기점을 세울 때부터 동네가 자칫하면 점촌(店村)˚이 될 것을 꺼려하여 쑥덕공론˚이 여간만 아니었다. 물론 옛날부터 옹기장이를 업신여겨 온 까닭이었다. 그러나 나는 틈만 나면 옹기점에 가서 얼씬거렸다. 발로 물레(돌림판)를 저어 가며 진흙 덩이를 엿가래처럼 늘어 붙여서 단지 동이 두멍 시루 화로 항아리 중두리˚ 바탱이˚ 소래기˚ 등과, 동네 사람들이 하는 말로 널벅지(자배기) 조쟁이(독) 투가리(뚝배기) 보새기(보시기)˚ 바래기(종지)˚ 오리병(귀때병)˚ 같은 크고 작은 그릇을 만드는 과정과 모양이 구경만 해도 재미가 있었기 때문이었다. 언덕배기에다 굴속 같기도 하고 굴뚝 같기도 하게 비스듬히 지은 가마에다 매흙˚ 빛깔로 곱게 마른 그릇을 차곡차곡 쟁여 쌓는 것도 구경감이었지만 밤낮없이 며칠씩 불질을 하는 아궁이 앞에서 얼씬거리며 불구경을 하는 것도 재미있는 일이었다. 하지만 김장철이 다가오는 초동初冬부터 이듬해 해토머리가 지날 어름까지는 옹기점에 발길을 하지 않았다. 해마다 그맘때면 어른 아이 할 것 없이 한 열댓 명 가량 되는 거지들이 가마 속에 모여 살면서 겨울을 나기 때문이었다. 그릇을 구워 내고 일변 연기 구멍을 틀어막으면 겨우내 훈김이 식지 않고 훈훈한 탓이었다.

질화로를 내 방에 모시듯이 놓아두고 있는 것은 희소가치 때문이 아니다. 아까 얼핏 말했듯이 '점잖게' 보인다는 이유이다. 단단하고 맵시 있고 번쩍거려야 어울리는 세태와 동떨어진 투박하고 어수룩한 모양새와 잿빛 태깔모양과 빛깔은 한마디로 말해서 무표정 그것이다. 질화로의 무표정이야말로 바깥이 어둡고 찰수록 몸에 불을 켜고 붉으락푸르락하는 전열 기구 세간들보다 한결 점잖지 아니한가.

배내옷

배내옷은 세상에 온 갓난아기에게 처음으로 입히는 옷으로 배냇저고
리라고도 하고 깃저고리라고도 하거니와, 옷의 이름이야 무엇이 되었
건 엄마가 아기에게 주는 최초의 물질적인 선물이라는 데에 어떤 것
과도 견줄 수가 없는 그윽한 뜻이 있다고 하겠다. 물론* 옷 자체는 볼
품이 없다. 깃다운 깃도 섶다운 섶도 없이 맵시로 치면 가장 보잘것
없는 옷이 바로 이 배내옷일 것이다. 아기가 나비잠*을 자며 배냇짓*
을 하는 옷이니 입는 동안에 수시로 젖을 넘기고 침과 우유를 흘려 다
입고 나면 그 꾀죄죄하기 또한 비길 데가 없다. 빨고 삶고 해도 때깔
이 나지 않아 오죽잖고* 허름하니 누구에게 물려주기도 쉽지가 않을
것은 당연한 일이다. 돌빔 설빔 추석빔으로 해 입혔던 꼬까옷 때때옷
은 아기가 자라서 옷이 작거나 하면 싫증 난 장난감 물려주듯 곧잘 남
에게 선뜻 주지만 배내옷은 누구를 주더라도 생색이 나지 않을 뿐더

러 모양이 나지 않는 탓에 좋은 소리를 기대하기가 어려워 으레 제쳐 놓지 않을 수가 없었을 것이다.

옷이 날개란 속담은 옷이 좋아야 사람이 돋보인다는 뜻이지만 제법 유서가 깊은 속담이라고 해도 갓난아기들에게는 해당이 되지 않는다. 갓난아기들은 그 존재부터가 더없이 고귀한 터이므로 가령 벌거숭이라고 하면 벌거숭이 자체의 천연적인 가치로 하여 제아무리 진귀한 비단으로 지은 옷이라고 해도 날개는 될 수가 없는 것이다. 그러므로 배내옷은 마름질 바느질 같은 인공적인 솜씨보다 차라리 천의무봉*이 낫다는 생각이 들 때가 있던 것도 응당 있을 법한 일이었다. 그렇지 않겠는가. 무릇 관념적인 천사의 옷은 꿰맨 흔적이 없다면서 현실적인 천사인 갓난아기의 배내옷만큼은 굳이 꿰매 입힌다면 분명히 앞뒤가 두동이 지는* 말밖에 더 된다고 하겠는가.

그러나 배내옷은 반드시 정성껏 마름질하고 정성껏 박음질하여 솔기 하나도 아기의 살갗을 자극하지 않도록 제대로 바느질한 제품을 가려서 입히는 것이 백번 옳은 일이다. 배내옷은 아기의 보온과 위생을 제일로 할 뿐 아니라 입히고 벗기는 데에 간편해야 함은 물론 품이 넉넉해서 혈액 순환이 잘되고 활동이 자유롭지 않으면 아니 되기 때문이다.

배내옷은 겨울철의 융이건 여름철의 메리야스건 감이야 무엇이든지 오래도록 잘 간수하는 데에 정신을 쓰는 것이 어머니의 마음인지도 모른다. 다른 것은 다 남을 주거나 버리면서도 해묵은 인형의 옷처럼 꾀죄죄하고 허름한 배내옷만큼은 이사를 열두 번씩 다녀도 결코 함부로 다루는 법이 없거니와, 끝까지 끌고 다니되 오히려 그 임자가 어엿한 성년이 된 뒤에도 장롱에서 시나브로[*] 퇴출시키는 일이 없다. 또 언제 어떻게 쓰일는지 몰라 가보家寶라도 되는 것처럼 틀림없이 간수하고 싶은 것이 그 어머니의 마음인 것이다.

배내옷이 저를 떠난 지 오래된 제 임자를 따라 자못 배냇짓 시절의 제구실로 되돌아가는 것은 입시철, 그중에서도 경쟁이 심한 대학 입시장에 출전하는 날이다. 어머니들이 입시생의 윗도리 등판에 보이지 않게 배내옷을 붙여서 입혀 보내는 것이다. 입시생의 어머니가 자식의 입시 경쟁에 임하여 주술적인 힘을 빌리고자 하는 대상은 갈수록 늘어가는 추세라고 한다. 50~60년대에는 이름난 사람네 집의 문패가 남아나지 않았다던 이야기도 문득 떠오른다. 대문에 달린 저명인사의 문패를 슬며시 떼어다가 삶아 먹으면 효험이 있다는 것이었다. 엿과 찰떡 역시 그 무렵부터 인기를 누려 온 입시장의 장수 식품에 속한다.

아무 데나 들러붙는 데에는 둘째가라면 서러운 것이 껌이고 보니 요즈음에야 껌이 등장한 것은 숫제 만시지탄晩時之歎이라고 하는 편이 옳을지도 모를 일이다. 자동차가 천만 대를 넘어선 탓인지 최근에는 난데없이 어느 자동차 회사 제품의 승용차에 붙은 차 이름의 영문자

로고에서 하필이면 S자를 떼어 가는 것이 큰 유행이라고 한다. 철강 산업의 꽃이 스테인리스라고는 하지만 오죽이나 답답하면 그 단단하고 차디찬 강철 조각에 주력을 빌게빌리게 됐는가 싶어 안쓰러운 마음이 따르기도 한다. 들러붙는 데에는 엄지가락인 본드가 쓰이지 않는 것이 그나마 다행인지도 모를 일이다.

빈다는 것은 무엇인가.

배내옷을 비롯하여 엿과 찰떡과 문패 같은 입시장의 고전적인 주술 용품이나 껌과 스테인리스강 로고 영문자 같은 입시철의 현대적인 주술 용품이나 모두가 인위적인 신비성을 부여한 다음에 신통력의 발동을 바라는 대상이다. 입시생의 어머니들이 집에서 장독대에 정화수를 떠 놓고 칠원성군七元星君(북두칠성)을 향해 두 손을 비비는 것이나, 절간의 불전에 오체투지°와 염불을 하고 교회당의 십자가를 우러르면서 손 모아 기도와 찬송을 하는 것이나, 빌붙어 매달리는 심정 하나만큼은 다를 바가 없을 것이다. 빌고 매달리는 이의 막다른 심정을 불쌍히 여기고 지성에 감천하여 빌고 매달리는 대로 어디서 들어줌이 있다면 그 또한 작히나얼마나 좋을 것인가.

하지만 빌고 빌어도 뜻대로 수나롭게° 이루어지지 않는 것이 세상 일이다. 하룻기도를 하건 백일기도를 하건 석 달 열흘 기도를 하건 비는 족족 일이 이루어졌다는 소문은 여간해서 들리지 않는 것이 현실이다. 비는 쪽의 정성이 못 미친 탓인지 듣는 쪽의 신통력이 시들한 탓인지 참으로 안타까운 일이다. 그때의 섭섭하고 야속하고 허전한 심사는 또 무엇에 견주어서 말할 수 있을 것인가.

그러므로 그러한 경우에는 스스로 위안거리를 삼기 위해서라도 짐짓 생각을 바꾸어 볼 필요가 있을지도 모를 일이다. 그렇다면 바꾸는 방법은 무엇이며 바꾸는 방향은 어디인가.

나는 감히 이렇게 말하고 싶다.

빈다는 것은 무엇인가. 내 자식 하나만은 이번에 꼭 합격을 하게 해 달라는 것이다. 합격은 무엇보다도 등수에 들어야만 되는 일이다. 등수에 든다는 것은 일정한 인원 곧 정원 가운데에 드는 일이다. 이른바 치열한 경쟁이니 극심한 경쟁이니 하는 것도 다 이 정원에서 비롯된 것이 아닌가. 말하자면 내 자식 하나가 꼭 붙기 위해서는 남의 자식 하나가 꼭 떨어져야만 한다는 것이다. 그러므로 내 자식 하나만은 이번에 꼭 합격을 하게 해 달라고 장독대에 물을 떠다 놓고 밤마다 빌었건 절이나 교회에서 새벽마다 빌었건, 또 하루같이 백 일 동안 빌었건 석 달 열흘 동안 빌었건 간에, 내 자식 하나만은 이번에 꼭 합격되게 해 주십사고, 다시 말하면 남의 자식 하나만은 이번에 꼭 불합격이 되게 해 주십사고, 빌고 빌고 또 빌었다는 데에 이른다는 것이다. 내 자식이 잘되게 하기 위하여 본의 아니게, 그렇다 진정코 본의 아니게 남의 자식을 해코지한 셈에 이른 경우라면, 다 같이 자식을 기르는 어머니로서 그 어떤 어머니라도 떳떳한 기분을 느끼기는 어려울 것이다.

애시당초_{애당초} 빌어서 될 일이라면 빌지 않아도 될 일이라고 생각을 바꾸어 볼 일이다. 내 자식이 잘될 일이라면 남의 자식들도 잘될 일이고, 내 자식이 어려운 일이라면 남의 자식들도 역시 어려울 것이라고 생각을 바꾸어 볼 일이다. '배내'는 '배 안에 있을 때부터'의 뜻이다. 배 안에 있을 때부터 자란 힘을 힘껏 떨치란 뜻으로 윗도리의 등판에 붙여 주는 배내옷은, 배내옷이 지닌 훈훈한 온기와 함께 그야말로 모성적이고 인간적이다.

성난 풀잎

예부터 하늘과 땅은 어질지가 않다天地不仁는 말이 있다. 온갖 생물을 낳고 기르면서도 그 생물들 가운데 어느 것을 편들거나 어느 것을 떼치거나 하지 않고 자연에게 그대로 맡긴다는 뜻이다. 서양의 한 자연주의 작가 역시 자연은 인간의 운명에 대해 관심을 갖지 않는다고 말한 적이 있다. 이를테면 큰 잉어가 어린 붕어를 먹고, 큰 붕어가 어린 피라미를 먹고, 큰 피라미가 어린 송사리를 먹고, 큰 송사리가 어린 생이°를 먹고 살더라도 말리지 않으며, 넓고 넓은 바닷가의 오막살이 집에서 늙은 아비가 고기잡이를 하며 철모르는 딸과 함께 살다가 배가 뒤집혀 돌아오지 않는다고 하더라도 모르쇠를 댄다는 것이다.

그러고 보면 '자연스럽다'는 말처럼 매몰스럽고 정나미가 떨어지는 말도 드물 것 같다. 그러나 그것은 어디까지나 인간의 이기주의적인 생각에 지나지 않는다. 자연은 인간의 힘을 더하지 않은 채 우주

사이에 저절로 된 그대로 그냥 있는 것이 제 본성이기 때문이다.

아무 데나 나는 풀도 이름이 없는 풀은 없다고 한다. 그러나 농부는 저마다 논밭에 심고 가꾸는 것이 아닌 것은 죄다 잡풀이라고 한다. 자기에게 필요할 때는 나물도 되고 화초도 되고 약초도 되고 목초도 되고 거름도 되고 하는 풀도 필요가 없을 때는 잡풀이 되는 것이다. 잡풀로 그치는 것만도 아니다. 논밭에 나서 서로가 살려고 작물(作物)과 경쟁을 할 때는 여지없이 농부의 원수가 되어 낫에 베이거나 호미에 뽑히거나 농약에 마르거나 하여 덧없이 죽어 가게 마련이다. 논밭의 작물은 주인의 발걸음 소리에 자란다는 말을 들을 때 잡풀의 서러움은 그 무엇에 견주어 말한대도 성에 찰 리가 없을 터이다.

나는 장마 전에 시골집에 가서 고추밭과 집터서리*에 뒤덮인 잡풀을 이틀에 걸쳐서 뽑고 베고 하였다. 장마가 지면 고추밭이 풀밭이 되고 울안의 빗물도 빠지지 않아서 나간 집이나 다름이 없어질 터이기 때문이었다. 풀을 뽑고 베는 동안에 팔과 다리에 '풀독'이 올랐다. 뽑히고 베일 때 성이 난 풀잎에 팔과 다리를 긁히고 할퀴더니 이윽고 벌겋게 부르트면서 옻이나 옴이 오른 것처럼 가렵고 따갑고 쓰라려서 안절부절못하게 된 거였다. 약국에서는 접촉성 피부염이라면서 먹는 약과 바르는 약을 지어 주었지만, 열흘이 지나고 보름이 지나도 가라앉지 않았다. 누구는 병원의 주사 한 방이면 직방으로 나을 텐데 미련을 떤다고 흉을 보기도 했다. 그러나 장마가 끝나도록 병원을 찾지 않았다.

　한갓 잡풀일망정 뽑히고 베일 때 왜 느낌이 없을 수 있겠는가. 느낌이 있다면 왜 가만히 있을 수 있겠는가. 자연스럽다는 것은 본디 인간의 뜻과 무관한 것이 아니었던가. 풀독은 근 달포한 달 조금 넘게나 되어서야 자연스럽게 가라앉았다.

잡초를 위하여

작년 여름에 있었던 소설가협회의 백두산 참관 행사에 따라갔다가 온 일이 있었다. 격식은 창춘 지역의 조선족 작가협회와의 교환이었지만, 일행의 참뜻은 그동안 벼르고 별러 왔던 대로 생전 처음 백두산에 다다르는 일, 아울러서 천지를 만나 보는 일, 나아가 압록강과 두만강에 뛰어들어 젖어 보는 일이었다.

그리하여 마침내 백두산의 꼭대기에 이르게 되었다. 천지도 만났다.

안내원의 말에 의하면 백두산 관광객의 열에 일고여덟은 날씨의 조화로 인하여 천지를 제대로 보지 못하고 돌아서기가 예사였다고 한다. 그렇지만 우리가 찾아간 날은 꼭 거짓말처럼 지나가는 구름 한 점을 볼 수가 없는 쟁명한* 날씨였고, 따라서 천지의 원 모습을 생김새 그대로 바라볼 수가 있었다.

그런데 천지를 바라보는 일행의 화제는 모두 천지의 빛깔에 관한 설왕설래가 첫째였다. 저 천지의 색깔이 어떤 색이냐, 아니 무슨 색깔이냐 하는 것이었다.

들어 보니 각인각설[*]이었다. 왈[曰] 감청색이다, 아니 유록색이다, 아니 비취색이다……. 어떤 이는 나이로 보아 자신의 기억에서도 떠나 버린 지가 꽤 오랠 법한 쪽빛이라고 우기는가 하면, 어떤 이는 또 우리네 색깔 가운데서는 마땅한 색깔이 더 이상 생각나지 않는지 에메랄드 색이라고 단언하기도 하였다.

바로 위에는 하늘이 본래의 모습을 그대로 보이고 있으니 하늘색이란 말이 나오지 않는 것이 당연하였고, 천지가 곧 물이로되 그 색깔이 여느 물과는 영 딴판이니 물색이란 말이 나올 수 없었던 것도 또한 당연하였다.

그렇다면 저 천지의 색깔은 무슨 색깔이라고 해야 맞을 것인가. 질문은 어려운 듯해도 대답은 그렇지 않았다. 천지는 오직 천지 색일 따름이었으니까.

물물[物物]이 저마다 제자리에서 제 모양과 제 이름을 지니며 제대로 있는 것이라면 색깔이나 태깔[모양과 색깔]이나 때깔[맵시] 역시 제 것일 뿐이지, 남의 것 내지 다른 여러 것의 것과 비슷할 수는 있어도 같은 것일 수는 없다고 여기는 것이다. 일행은 한결같이 아름다움을 찾고 빚고 보여 주는 것으로 업[직업]을 정한 사람들이었다. 그러므로 천지의 색깔에 대해서도 각인각설 이전에 각인각색으로 비치고 느끼고 표현할 수밖에 없을 터이었다. 그러나 그러면서도 '사람 눈은 다 같다'는 저간晶間(요즈음)의 경험적인 인식 또한 쉽게 무효화할 수 없는 것도 사실이다.

흰 것은 흰 것이요, 검은 것은 검은 것이며, 희읍스름한 것은 희읍스름한 것이요, 거무스름한 것은 거무스름한 것일 수밖에 없지 않았던가. 그런 까닭에 '사람의 눈은 다 같다'는 평범한 상식 논리로 말하면, 천지의 색깔은 천지 색이라고 하기 전에 그저 푸른색이라고 하거나 혹은 이름 모를 색 운운하는 것이 가장 무난한 대답이 될 법도 한 노릇이었다.

그러나 '사람의 눈은 다 같다'는 인식은 해가 뜸으로써 낮의 시작이요, 해가 짐으로써 밤의 시작이라는 만고부동의 음양론과 같은 품질의 것이 아니다. 바로 이름 모를 색이 있지 않은 것처럼 그것은 대개 일반적인 정서의 하나이거나, 본능적인 반응 감각의 하나이거나, 사회생활적인 태도의 하나이거나, 혹은 그와 비슷한 다른 무엇이거나 할 것이다.

모든 물질은 제각기 제 색깔을 하고 있으며, 그것이 곧 그 물질의 생명과 생리와 상태이며, 자기 존재의 의미와 능력과 생활의 상대적인 자기표현이 아닌가 싶기도 하다.

나는 이를 백두산 천지에서가 아니라 백두산에 가 보기 전부터 지금 살고 있는 농촌에서, 그것도 우리 집 울안의 뜨락에 해마다 제멋대로 나고 어지러이 우거지는 여러 가지 풀을 보면서 느꼈다. 그 느낀 것을 여기에 몇 가지만 순서 없이 늘어놓고자 한다.

잡초란 무엇인가. 인간이 이기적으로 심고 가꾸지 않은 초본 식물은 그것이 본래 반찬으로 먹는 소채蔬菜거나, 맛으로 먹는 과채果菜거나, 병으로 먹는 약초거나, 가축이 먹는 목초거나, 두고 보는 화초거나 간에 거의가 잡초로 여긴다.

이름 모를 풀이란 어떤 풀인가. 소채나 과채나 약초나 목초나 화초나 간에 인간이 구태여 그 이름을 알려고 하지 않는 것이면 거의가 이름 모를 풀이다. 아무리 고등 교육의 식물학이나, 농학이나, 축산학이나, 한의학이나, 원예학이나, 화훼학이나, 생약학에서 각론*하는 풀이라고 해도 인간을 만나기에 따라서는 단박에 무명초* 신세로 떨어지고 마는 셈이다.

잡초는 무슨 색깔인가. 배운 대로 말하면 초록색이요, 느낀 대로 말하면 푸른색이요, 보이는 대로 말하면 풀색이기가 쉬울 것이다. 인간이 일껏 달리 보거나 살펴보거나, 여겨보지 않는 것이면 거의가 풀색일 것이며 나무 색은 아닐 것이다.

잡초를 잡으려면 어떻게 해야 하는가. 손으로 뽑거나, 연장으로 베거나, 제초제로 말리거나 해야 할 것이다. 인간이 심고, 가꾸고, 놔두는 것이 아니면 거의가 인간이 심고, 가꾸고, 놔두는 것들과 겨루고 이길 터이니 물리적으로 혹은 화학적으로 무찌르는 수밖에 없을 것이다. 인간은 위대한 존재다. 인간이 위대한 존재임을 부정할 인간은 없을 것이다. 만약 부정하는 인간이 있다면 그야말로 비인간적인 존재일 테니까.

그렇다면 인간 이외의 것들은 무턱대고 하찮은 존재들이라고 할 수 있을 것인가. 적어도 인간과 더불어서 이 세상에 있는 것들은 인간에 버금가는 존재라고 하지 않을 수가 없을 것이다. 인간의 생활에 관계가 되는 것들이기 때문이다. 또 그 가운데 어느 것이 더 소중하고, 어느 것이 덜 소중한 것인가는 인간이 정할 일이 아닐 것이다. 그 것들이 생겨날 때는 다 그만한 까닭이 있어서 생겨난 것들이기 때문이며, 그 까닭 자체가 신비일 뿐만 아니라, 인간의 생활과의 관계에 대해서도 인간이 아는 바는 극히 일부에 그칠 뿐더러 불확실한 것이기 때문이다.

천 년 동안 바람에 깎이고 만 년 동안 물에 씻기어 본래의 제 모습을 잃어버린 돌이 수석이라면, 천 년 동안 모래에 닦이고 만 년 동안 파도에 부대끼다가, 바닷모래와 함께 레미콘 속에 딸려 들어가 신도시 아파트의 기둥이나 천장이 되어 부실 공사의 주체인 양 뭇사람의 손가락질을 받는 바닷가의 조약돌도 수석인 것이다. 삼국 시대에 태어나 고려의 삼국 통일을 지켜보고, 조선 사람과 함께 임진·병자 두

난리를 겪고, 식민지 시대와 남북 전쟁을 치르며, 병화兵火와 나무꾼의 재앙을 피하여 오늘에 이른 천 년 수령의 고목이 천연기념물적인 큰 존재라면, 그 큰 그늘 밑에 태어나 사람에게 밟히고, 베이고, 짐승에게 뜯기고, 먹히고 하는 곤경에도 피고, 맺고, 여무는 한 포기의 민들레나 괭이밥도 큰 존재인 것이다.

일찍이 많은 사람들이 그것을 일러 왔다. 오백여 년 전에 살았던 추강秋江 남효온南孝溫 선생도 그중의 한 분이다. 추강은 「대춘부」大椿賦란 글에서 이렇게 노래하였다.

"하늘은 땅에 교만하지 못하고, 해는 달에게 거만스럽지 않네. 나는 것鳥類이 잠긴 것魚類을 웃지 않고, 동물이 식물보다 나은 척하지 않네. 어느 것을 그르다고 지목하며, 어느 것을 옳다고 지목할 수 있으랴." 天不能驕乎地 日 不能傲乎月 飛不能笑乎潛 動不能多乎植 孰指而爲非兮 孰指而爲是.

말하자면 고목나무 밑에서 밤에 났다가 아침에 시드는 버섯이라고 스스로 짧은 생애를 원망하는 것이 아니며, 십 년이 넘게 땅속에서 굼벵이로 산 뒤에 날개를 얻은 매미라고 하여 아침에 태어나 저녁에 죽는 하루살이 앞에서 뽐내지 않으며, 겨울을 넘기고 여름에 죽는 보리는 그것이 보리의 주어진 삶이요, 여름에 살고 가을에 죽는 벼는 그것이 벼의 주어진 삶이듯이, 만물은 저마다 스스로 만족해 하는 삶이 있고, 그것을 나타내는 것이 저마다 타고난 제 색깔이라는 것이다.

농부들의 일 년 농사는 잡초와의 전쟁으로 시작한다고 해도 과언이 아니다. 농부를 속상하게 하고 어렵게 하는 것은 병충해만이 아닌 것이다. 그러나 병충해는 한두 차례의 약품 방제만으로도 웬만큼 성과를 볼 수가 있다.

잡초는 어떤가. 이날토록 잡초와의 전쟁에서 이겼다는 농부는 듣지도 못하고 보지도 못하였다. 제초제가 단순하거나 독성이 약한 것도 아니다. 정부가 농정을 포기하다시피 한 근년에는 농촌에도 스스로 살기를 마다한 인명 불상사가 잦고, 그런 경우에 집에서 쓰다가 남은 농약을 자신의 몸에다 마저 써 버리고 마는 예가 거의 전부이거니와, 일이 날 때마다 의사들은 먼저 음독한 농약의 성질을 물어서, 그것이 제초제로 밝혀질 때는 전례에 따라 구명의 가망이 없을 것으로 치부하고 처음부터 노력을 아끼려고 할 정도로, 농약 가운데서도 가장 흉악한 독성을 지닌 것이 제초제인 것이다.

그렇듯이 인명과 축생에 치명적인 맹독도 그러나 풀의 힘만큼은 당하지 못하는 것이다. 미군이 월남전에서 사용한 고엽제(제초제)의 피해가 전쟁을 그친 지 이십여 년이 다 돼 가는 지금까지 참전 당사자뿐 아니라 새로 태어나는 2세들에게까지 나타나고 있다고 하지만, 그 독약으로 인하여 폐허화했던 지역이 지금껏 불모지로 있다는 말은 들어 본 것 같지가 않다. 제초제(고엽제)를 이용한 잡초 말살 작전은 한갓 임시방편에 그칠 따름이며, 어떤 이름의 제초제도 풀의 씨를 멸종시키거나 풀의 생태와 입지를 빼앗기는 어려운 것이다.

농부들은 김을 맬 때 날카로운 호미로 이 잡듯이 매지만 매 놓고 돌아서면 도로 그 타령으로 풀이 새파랗다고 장탄식을 하거니와, 농촌에서 살아 보면 그 말이 얼마나 적절한 표현인가를 쉽게 느낄 수 있다.

나는 처음부터 풀과 함께 살기로 마음먹었다. 그리하여 초여름부터 안팎으로 풀 천지가 되어 여름내 풀덤불 속에서 묻혀 사는 꼴을 면할 수가 없었다. 그렇게 되니 오는 사람마다 풀을 없애고 깨끗이 살라고 성화를 대게 마련이었다. 누가 보면 사람이 안 사는 집 같아서 못쓰겠다는 거였다. 그래도 그러면 어떻고 저러면 어떠냐 하면서, 울긋불긋 꽃 대궐이 아니라 짙푸르고 검푸른 풀 창고 틈에서 살았다. 그런데 한번은 집을 며칠 비웠다가 돌아오니 안팎으로 그 무성하던 풀이 죄다 된서리에 얼데쳐진* 것처럼 처진 데다 잎잎이 말리고 꼬여 있는 것이었다. 알아보니 보다 못한 이웃 사람 하나가 큰 선심으로 제초제를 아낌없이 들이붓고 갔다는 것이었다. 풀은 벌겋게 타 들어가서 나간 집 모양 우거졌던 때보다 훨씬 흉한 모습을 보여 주었다. 그렇지만 그것은 고작 며칠 동안의 살풍경*이었을 뿐이었다. 인간의 잔꾀를 조롱이라도 하는 양 풀은 다시 나고 줄기차게 자라서 풀 창고를 재건하는 것이었다.

백두산을 보고 오는 길에 산둥 반도의 몇 군데 도시를 기차와 버스로 다니게 되었다. 우리에게는 서해요, 중국에서는 황해인 바다를 사이에 두고 우리나라의 서부 지역과 한 바닷물을 써 온 지역이었다. 그래서 그런지 밭에서 가꾸는 작물만 그런 것이 아니라 바닷가나, 길가나, 밭둑이나, 도시 변두리나 할 것 없이, 어디를 가나 그곳에 자라고 있는 초목은 우리나라와 다른 것이 있는 것을 발견할 수가 없었다. 만약 땅만 내려다보고 다닌다면 마치 우리나라의 서해안 일대를 여행하고 있는 듯한 착각을 하기에 조금도 부족함이 없을 지경이었다. 이를테면 쑥·바랭이·여뀌·비름·명아주·방동사니·가라지·쇠뜨기·가막사리·조뱅이·박주가리 따위, 우리나라에 귀화한 지 그리 오래되지 않았다는 개망초까지 우거져서 바다 건너 남의 땅이라는 느낌을 전혀 주지 않는 것이었다.

이 초목들은 예부터 두 나라 사이에 오고 간 사람들에 의하여 나누어진 것도 많겠지만, 지금 안면도에 있는 천연기념물 제138호, 산둥 성 원산原産의 모감주나무 군락과 같이, 산둥 성의 홍수로 떠내려 온 나무가 서해에 표류하다가 표착하여 세월 따라 군락을 이룬 것처럼, 바람과 해류에 의해 국적을 바꾼 것도 적지 않을 것이라고 짐작한다. 바람에 날리다가 바다에 떨어지지 않고 착륙하거나, 바다에 떨어진 뒤에라도 껍질을 잘 지켜 소금기에 씨눈이 절여지지 않고 드디어 땅을 만나서 싹이 트고 뿌리를 내린 것은, 그 풀씨의 의지와 생명력의 승리일 것이다.

뜨락에 제멋대로 나서 어지러이 우거지는 풀을 보고 느낀 것을 마저 늘어놓는다. 잡초란 무엇인가. 인간이 인간을 잡인雜人이라고 부르지 않으면 잡인이란 인간이 있을 수 없듯이 인간이 잡초라고 부르지 않으면 잡초란 명칭의 풀은 따로 있는 것이 아니다. 이름 모를 풀이란 어떤 풀인가. 요즈음 인간이 이름을 모르면 곧 이름 모를 풀이다. 그전 사람들은 가령 동명이물同名異物이 여럿이면 배나무의 경우 참배·문배·돌배·산돌배·좀돌배·콩돌배·아그배·개아그배의 예와 같이, 풀도 나리처럼 참나리·개나리·미나리·산나리·중나리·솔나리·말나리 하고 성을 붙여 주어서라도 각각 제 이름이 있게 해 주었던 것을 알 수 있다. 그러나 지금은 이름 모를 풀이 갈수록 늘어 가고 있다. 세상을 뜬 이와 남은 이 사이에, 늙은이와 젊은이 사이는 물론 어버이와 자식 사이에도 초목의 이름이 이어지지 않는 것이다. 이어받으려는 이가 없기도 하려니와, 전해 줄 만한 이가 있어도 묻는 이가 없고 보니 알고 있는 이름조차 하나씩 둘씩 기억에서 떠나고 있는 것이다.

잡초는 무슨 색깔인가. 모든 풀은 자기 색깔이 따로 있다. 또 타고난 색깔을 스스로 갈거나, 다른 색을 섞거나, 남의 색을 닮거나 하지 않는다. 야생 동물이나 풀벌레나 물고기 등속과 같이 환경이나 위험물에서 자기를 은폐하기 위해 보호색을 준비하고 사는 풀은 아직껏 본 적이 없다. 몸을 가리거나 숨기지 않더라도 능히 살아남을 자신이 있다는 뜻인지도 모를 일이다. 논에 사는 피는 벼와 같지 않고, 보리 밭의 쇠보리는 겉보리와 같지 않고, 밀밭의 개밀이 참밀과 같지 않고, 오이 밭의 오이풀이 오이 덩굴과 같지 않고, 참깨 밭의 깨풀은 참깨 줄기와 같지 않다. 당당한 자세와 떳떳한 태도라고 볼 수밖에 없다. 뺑대쑥은 줄기에 보랏빛을 더하여 사철쑥과 다름을 주장하고, 참비름 의 줄기는 연두색이요, 개비름의 줄기는 자주색이며, 쇠비름의 줄기 는 황토색이고, 털비름의 줄기는 진초록으로 각자가 자존심을 지키고 있으니, 이 풀들이 덮어놓고 통틀어서 일컫는 초록색이나, 푸른색이 나, 풀색이란 명칭에 모개흥정˚으로 휩쓸리어 개성을 몰수당하고, 자 존심이 희석되기를 원치 않을 것은 동화적인 상상만으로도 어느 정 도 알 수 있지 않겠는가. 풀밭의 풀색은 천지의 천지 색과 경위가 다 른 것이다.

잡초를 잡으려면 어떻게 해야 하는가. 여러 말 할 것 없이 잡초를 잡겠다는 생각부터가 분수없는 짓일 것이다. 인간도 본디 자연 속의 한 물질이라는 것을 인간 자신이 부인하는 것은 당치 않은 오만이요, 못난 인간의 그다운 착각에 지나지 않는 수작인 것이다. 착각은 자유 라는 요즈음의 말장난을 빌려서 말한다면, 그 잡초를 잡겠다는 착각 이야말로 정말 인간적인 자유라고 하지 않을 수 없다.

풀을 보면 인간이 인간적인 독선˚을 능력으로 하여 살면서도 초목 에 의지하듯이, 초목도 나름의 천성을 능력으로 하여 살면서도 인간에 의지하여 살아가는 사실을 엿볼 수가 있다. 예컨대 풀은 인간의 작업 활동이 미치지 않거나 그 영역에서 벗어난 외진 구석보다, 인간의 작업이 잦아서 일쑤 베이고, 뜯기고, 뽑히고, 밟히고, 눌리고, 밀리는 길섶이나 논밭이나 집터서리° 같은 데서 더욱 두드러지게 생명력을 발휘하는 것을 볼 수가 있다. 인간이 흘리고, 버리고, 남긴 것들을 나름껏 활용하기 때문일 것이다. 그러기에 무인지경°이나 노는 땅보다 인간의 생활공간에서 발아율·활착°률·성장률·번식률이 높으며, 잡초의 종류가 다양하고 살아가는 모습이 다채로울 뿐 아니라, 인내력·지구력·저항력·경쟁력·생산력·복원력 등도 뛰어난 것이다.

인간이 한 포기의 풀을 이길 수 없다는 사실은, 인간이 아무리 위대한 존재라고 해도 세상을 인간적인 독선으로 경영하여, 자연을 하찮게 보고 업신여겨 함부로 다룰 권리가 없다는 것을 가르쳐 주는 것인지도 모를 일이다.

인간이 위대한 존재라면 저 길가에 있는 어린 풀 한 포기 또한 뜻이 있어서 났을 터이니, 다른 사람은 몰라도 초야에 사는 사람은 저 잡초를 보면서 느끼고 배우는 것도 한 가지 복으로 여기면서 사는 것이 옳을 성싶다.

인생과 축생

저번에 한 신문에서 한국의 장수촌을 찾은 다음, 그 동네에 사는 백살도 더 자신 노인네 150여 명을 일일이 만나서 알아본 내용을 여러 차례로 나누어 실은 바가 있다.

나는 큰 수술 끝에 요양을 하고 있었을 뿐더러 오나가나 '건강'으로 인사말을 삼고 '건강'으로 화제를 삼는 축과 같은 또래이기도 하여 그 기사에 주목을 하였다. 물론° 오래 사는 사람들의 오래 사는 비결을 엿볼 수 있을지도 모른다는 기대감도 있었다.

그러나 막상 그 '장수 비결'로 짐작이 가는 내용들은 생각했던 것만큼 그다지 흐뭇한 내용이 아니었다. 그 고령자들과 함께 사는 식구나 이웃 및 친척들의 말을 새겨듣건대, 그들의 공통적인 특징은 아주 원초적인 이기주의자들이 아닌가 싶은 것이었다. 이를테면 한국인의 딱 부러지는 특징의 하나로 꼽혀 온 '화병'을 앓아 본 적이 없다는 거였다. 화병을 모르고 살았다는 것은 요즈음 말로 스트레스를 쌓고 살지 않았다는 말과 같거니와, 스트레스를 쌓지 않고 살 수 있는 이들은 흔히 매사를 자기 위주로 생각하고 막무가내로 나대는 것이 체질화되어 가슴앓이를 하지 않고, 앙금이나 응어리를 그때그때 풀면서 사는 이들이었다.

따라서 고부간도 화목보다는 불화 쪽일 수밖에 없을 것이었다. 한 칠십 대 며느리가 두 세기에 걸쳐 사는 시어머니를 품평하면서 "맏아들이 죽은 날도 네 명은 네 명, 내 명은 내 명이라며 밥 한 그릇을 쓱쓱 비벼서 다 자셨다"고 한 대목은 시사하는 바가 적지 않았다. 고령자들은 또 예의 고부간의 불화처럼 지금껏 상식으로 통해 왔던 것을 쉽게 깨었다. 소식주의나 채식주의가 아니며, 싱싱한 채소보다 숨이 죽은 채소를 많이 먹는다거나, 남은 죽을 먹건 밥을 먹건 자기 일이 아니면 통 관심 없이 사는 것 등이 그러하였다.

그러고저러고 간에 사람 사는 경위나 남에 대한 배려보다 고집스럽고 심술스러운 점이 특징이기도 한 이들 고령자의 또 다른 면모는 앞으로 후계자가 있을 수 없는 데서 온 골동품적인 가치이다. 사회적인 동물의 사회성 결여는 갈수록 삶을 지탱하기가 수월치 않게 될 터이기 때문에, 이들과 같은 초인적인 고령자는 가령 '전설 따라 3천 리' 같은 TV 프로라면 몰라도 현실적으로는 만나 보기가 어렵게 되리라는 것이다. 과학의 발달로 늙은이는 갈수록 늘어도 그 원초적인 이기주의자들을 지금처럼 받자° 받자 하며 봉양할 자식이나 며느리는 갈수록 드물기에 '네 명은 네 명, 내 명은 내 명' 운운하며 스스로 자기를 챙기는 노인이 지금처럼 유세를 떨면서 살 수는 없으리라는 것이다.

같은 무렵, 또 다른 신문에서는 '다산 및 최고령 암소 선발 대회'에 대한 결산 기사를 실어서 역시 주목하지 않을 수가 없었다. 즉 한우 중에서 새끼를 가장 여러 배 낳은 암소와 나이가 제일 많은 암소 선발 대회를 열고, 새끼 열세 배를 본 암소와 39년 된 나이배기 암소를 뽑아 상을 준 거였다.

소의 나이는 뿔에 난 테두리각륜(角輪), 이빨의 상태, 털의 빛깔과 뼈대의 상태 및 이웃 사람들로부터 나잇값(미담 사례)을 했다는 증언 등을 종합하여 짐작하며, 13년 이상 되면 나이 대중이 퍽 어렵다고 한다. 그래서 그런지 예전에 소의 나이를 일렀던 명칭도 열 살 이상은 찾아보기가 어렵다.

예전에 소나 말의 나이를 일렀던 명칭은 다음과 같다.

한 살─하릅, 두 살─이듭, 세 살─사릅, 네 살─나릅, 다섯 살─다습, 여섯 살─여습, 일곱 살─이롭, 여덟 살─여둡, 아홉 살─아습('구듭'이라고도 한다), 열 살─열릅('담불'이라고도 한다). 한자는 한 살부터 네 살까지 이르는 일곱 글자가 있지만 모두 잘 쓰이지 않는 벽자_{篳字}*이기에 예시하지 않는다.

어쨌든 소의 나이 39년은 인간의 나이 120세와 맞먹는다고 하니 가히 초우적_{初牛的}인 나이라고 하겠다. 이 소의 쥔_{주인}은 소가 죽으면 고이 묻어 줄 것이라고 한다. 힘써서 일만 해 준 것이 아니라 새끼를 여러 배 낳아 살림까지 보태 준 그동안의 고마움에 대해 인간적인 예의를 갖추겠다는 뜻이었다.

나는 이 공인된 나이배기 소 말고 다른 나이배기 소도 TV로 보거나 지역 신문을 통하여 알고 있었다. 그중에는 쥔의 말로 28년 된 소도 있고, 32년 된 소도 있고, 무려 45년이나 됐다는 소도 있었는데, 나는 무엇보다도 그런 소에 대해 쥔들이 서로 약속이나 한 듯 똑같은 말을 하던 것이 두고두고 잊혀지지 않았다. 그 쥔들은 한결같이 이렇게 말했던 것이다. "자식들보다 나아!" 노인네들이 짐승을 자식들보다 낫다고 한 것은 소의 미덕만을 한껏 추어준* 말이었다. 쥔의 말과 뜻에 어깃장을 지르지 않는 듬직하고 온순하며 정직한 태도에 필경 '말 잘 듣는' 쪽보다 '속 안 썩이는' 쪽이 더 눈에 든 모양이었다. 그러고 보면 다들 눈에 익은 이중섭*의 성난 소들은 예부터 농가의 준_準가족 대접을 받아 온 토종의 일소, 젖소, 고기소와는 영 딴판인 소들임에 분명하다.

이중섭의 그림에 나오는, 마치 광우병이라도 걸린 것이 아닌가 싶은 소들도 모두 한우들이다. 한우에 딸린 명칭은 여러 가지가 있거니와 그 명칭을 보면 한우는 마냥 온순하기만 한 짐승도 아니고 사납기만 한 짐승도 아니란 것을 알 수 있다.

한우의 어릴 때 이름은 부룩송아지, 코뚜레를 하지 않아 고삐에 매일 때는 목매기, 뿔이 나올 만큼 자라면 동부레기, 중소가 될 만큼 자라면 어스럭송아지*, 거의 다 자랐다 싶으면 엇부르기, 자라서 뜸베질*을 할 무렵이 되면 부사리가 제 이름인 것이다. 그리고 한 가지 색깔의 옷을 입은 소는 전우檀牛라 하였고, 그중에서도 붉은 황소는 강우橿牛라 하여 귀히 여겼으며, 흰 소나 검은 소 역시 어느 소들보다 귀여움을 받았다고 한다.

그러나 온몸이 먹물 같은 흑소나, 온몸에 칡덩굴 같은 무늬가 있는 칡소나, 정지용*의 「향수」에 나오는 얼룩배기 황소는 옷을 색다르게 입었지만 아무 차별도 하지 않았다. 얼룩배기는 양우樣牛라고도 했는데, 그 가운데서 등마루가 흰 놈은 강우犅牛, 귀가 검은 놈은 위우犚牛, 누르고 입술만 검은 놈은 순우犉牛라고 부르기도 했다.

또 뿔의 생김새가 어떻다고 해서 어떤 차별을 했던 것도 아니었다. 두 뿔이 모두 뒤로 젖혀지고 끄트머리가 뒤틀린 자빡뿔〔相背角〕이건, 두 뿔이 안으로 굽어 서로가 겨누고 있는 꼴의 우격뿔이건, 두 뿔이 각각 좌우를 겨누는 송낙뿔이건, 하나는 위로 뻗고 하나는 아래로 뻗은 천지각天地角이건, 두 뿔이 꼿꼿하게 일어선 직립각直立角이건, 아무 상관하지 않고 먹였다는 것이다.

재물 물物 자에 소 우牛 변이 든 것은 소가 동산動産의 상징이었기 때문이었을 것이다. 기르고 다스리고 권농勸農하는 관료를 뜻하는 살필 목牧 자가 '소 우' 변인 것과, 희생犧牲의 '날 생' 자와 '숨 희' 자가 모두 '소 우' 변인 것도, 소가 일하는 가축의 상징이며 인간에게 숨을 바치는 희생의 상징이라는 뜻이었다.

하지만 소가 여느 축생과 다른 것은 무엇보다도 인간과 말이 통한다는 사실일 것이다. 다른 가축도 알아듣는 말이 아주 없었던 것은 아니었다. 이를테면 '워리'는 개를 부르는 말이며 '나비'는 고양이를 부를 때 쓰는 말이다. '구구'는 닭을 부를 때, '주주'는 오리나 거위를 부를 때, '오래오래'는 돼지를 부를 때 쓰는 말이다. 부르면 대답을 하거나 다가온다. 부르는 소리는 곧 이름이었던 것이다.

소는 '워ー'라는 이름 말고도 알아듣는 말이 더 있다. '굽아'는 굽을 살필 때 굽을 들라는 말이다. '무라'는 뒷걸음질을 하라는 말이며, '우워'는 서라는 말이요, '이랴'는 어서 가라는 말이다.

조선조 명종 때의 영의정 상진尙震 공이 15년 동안이나 정승의 자리를 지킬 수 있었던 것은 품성이 너그럽고 치우친 데가 없었기 때문이라고 한다. 그런데 공이 그토록 일을 불편부당하게 처리할 수 있었던 것은 길을 가다가 소를 부리는 한 늙은 농부의 말에서 터득한 바가 컸던 까닭이라고 한다. 공은 벼슬에 나아간 지 얼마 안 되어 지방 나들이를 하다가 한 농부가 밭에서 거리질을 하는 것을 보았다. 공은 구경하다가 말고 그 소 두 마리 중에서 어느 소가 일을 더 잘하느냐고 쥔에게 물었다. 그러자 쥔은 굳이 일손을 쉬고 공에게 바짝 다가오더니 공의 귀에다 대고 바로 저놈이라고 가만히 귓속말을 하는 것이었다. 공은 쥔의 태도가 이상하여 귓속말로 이유를 물었다. 쥔은 대답하기를, 아무리 말 못하는 짐승이라지만 둘 중에 하나는 잘하고 하나는 못한다는 말을 들으면 기분이 어떻겠느냐는 것이었다.

소를 치고 소를 부리되 축생이라 하여 모질게 다루지 않고 더불어 살아가는 자세를 보인 늙은 농부의 인품이야말로 뒷날 명재상을 낳게 한 모태였던 것이다.

소는 어떤 축생보다도 인생에 큰 영향을 끼쳤다. 세종 때의 명재상이었던 맹사성孟思誠*이 정승의 몸으로 고향인 아산에 내려갈 때 혼자서 유유히 소를 타고 갔던 것도 말보다 소가 비용이 싸게 먹혀서 소를 탔던 것이 아니었다. 짐작건대 언제 어디서나 좀처럼 서두르지 않는 소의 은근한 참을성과 느긋한 견딜성에서 나름대로 느끼는 것이 있었기 때문이다.

연전에 양평의 지역 신문에 났던 늙은 농부 최 옹이 암소 한 마리와 27년째 농사를 짓고 사는 이야기 또한 전자 과학 시대에 숨 가쁘게 사는 인생으로 하여금 넉넉한 느낌을 주었다. 최 옹은 "젖 떨어진 놈 데려다 써레질* 가르칠 때가 엊그제 같은데 이젠 같이 늙는 처지가 됐다"면서, "펄펄 기운 내는 소는 내가 못 견딘다. 이 녀석은 다 알아서, 내가 쫓아갈 만큼만 일을 한다. 또 이리 가라면 이리 가고 저리 가라면 저리 가고, 아무 데나 풀어놔도 때가 되면 집을 찾아온다."

동네 사람들이 말하는 이 소의 미담 사례는 다음과 같다.

"골목길에서 아이들이 모여 놀면 저만치 주저앉아 아이들이 다 흩어진 다음에야 지나간다. 아이들이 겁나서가 아니고, 행여 지나가다가 아이들을 다치게 할까 봐서 그러는 것이다."

'하룻강아지 범 무서운 줄 모른다'는 속담은 '하릅강아지(한 살 된 강아지) 범 무서운 줄 모른다'의 왜곡이다. 어쨌든 하릅강아지뿐 아니라 하룻강아지까지도 개들은 다들 이름이 있다. 그렇지만 소들은 이름이 없다. 최 옹도 "소가 무슨 이름이 있어. 그냥 워ㅡ 하고 부르면 되지. 그래도 다 알아들어" 한다.

예나 이제나 우이독경牛耳讀經, 즉 쇠귀에 경을 읽을 필요는 없다. 사람도 못 알아듣는데 소가 어떻게 알아듣겠는가. 그러나 늙은 소는 농부의 농사 용어를 알아들을 것이다. 그렇지 않고서야 어떻게 자식보다 낫다고들 할 수 있겠는가.

이로써 소의 장수 비결은 '인간의 말귀에 밝은 것'이라고도 할 수 있을 터인데, 그것이 인간의 장수 비결보다 저질의 것이라고 누가 감히 말할 수 있겠는가.

줄반장 출신의 줄 서기

어린 마음에 학교의 반장이나 부반장을 권력처럼 여겼던 적이 있다. 그러나 타고나기를 똘똘하지도 못하고 똑똑하지도 못하여 초등학교 때부터 공부에서나 운동에서나 등수에 들지 못하기가 일쑤였고, 어쩌다가 등수에 들더라도 으뜸과 버금은 으레 남의 차지여서 반장이나 부반장 자리는 언감생심* 쳐다도 못 보게 마련이었다. 그렇지만 줄반장은 줄이 몇 줄이건 줄마다 하나는 있는 자리인지라 줄반장 자리 하나는 아무 노력 없이도 저절로 차례가 돌아오곤 하였다.

그리고 세월이 흘렀다. 그런데 내가 그 알량한 줄반장 출신이란 걸 어떻게 알았는지 나는 어느 줄이냐고 묻는 이를 지금도 심심치 않게 만나곤 한다. 줄은 참 길기도 하고 질기기도 하다는 생각이 든다.

되면 더 되고 싶어서 희번덕거리거나, 될 일도 안 되어서 두리번거리거나, 애시당초 될 일이 아니어서 끔벅거리는 이들만이 나더러 어느 줄이냐고 묻는 것이 아니다. 우스개로 묻는 이도 있고 지나가는 말로 묻는 이도 있다.

나는 대답이 쉽지가 않다. 줄만 해도 한 가닥이 아닌 탓이다. 줄 서기를 잘해야 하는 줄(列)도 있고, 줄을 잘 놓아야 하는 줄(線)도 있고, 줄이 잘 닿아야 하는 줄(緣)도 있고, 줄타기를 잘해야 하는 줄(繩)도 있는 것이 아닌가. 그네들은 그 가운데에서 어느 줄을 물었던 것일까. 나는 또 내 줄을 헷갈리지 않고 제대로 알고나 있었던 것인가.

이 줄반장 출신의 줄 서기는 번번이 서툴다. 그래서 두루 미안할 뿐만 아니라 스스로 답답하고 따분하기도 하지만 생각처럼 얼른 고쳐지지 않는다. 이를테면 이런 경우에 더욱 서툴러서 탈이다.

날씨는 아직도 한여름이지만 며칠 안 있으면 한가위니 말 그대로 한가을이다. 한가을의 농촌 풍경은 보기 좋지 않은 것이 없다. 논밭에 어우러진 '인위 자연'조차 '무위 자연'의 정조를 자아내는 듯하여 보기가 좋다. 하지만 농약을 뿌리는 모습까지 아울러서 보기가 좋은 것은 아니다. 특히 논두렁이며 밭둑의 풀이 꼴이나 퇴비로 자라지 않고 제초제 등쌀에 벌겋게 타 죽은 모습을 보면 끔찍스럽지 않을 수가 없다. 농약을 쓰지 않으면 먹을 수가 없다(거둘 것이 없다)고 주장하는 경제 농민의 줄과, 무농약과 유기 농업에 의한 환경 농산물만이 사람도 살리고 환경도 살린다고 하는 환경 농민의 줄 사이에서 나는 내 줄을 못 찾고 마냥 헤매기가 보통이다.

농촌이 시들해지면서 산지기 노릇도 묘지기 노릇도 서로 마다하여 벌초하는 이가 따로 있지 않게 된 터에, 적으면 식구끼리 많으면 일가 사람들끼리 풀을 베어 조상의 무덤을 깨끗이 하러 다니는 모습은 해마다 봐도 보기가 좋다. 하지만 벌초는 반드시 추석 전에 하는 것이 예의요 원칙이라는 고정관념까지 그럴듯한 것은 아니다. 산마다 수풀이 복원되어 늘어난 독사니 말벌에 목숨의 위험마저 무릅쓰는 전통 원리주의자들의 줄과, 추석은 추석대로 쇠되 독사와 말벌이 들어가고 가을걷이도 대강 추어낸 뒤에 여유 있게 벌초를 하는 실용주의자들의 줄 사이에서 왔다 갔다 하는 꼴이야말로 딱한 노릇이 아닐 수가 없다.

올해는 넉넉한 일조량과 늦더위로 농촌은 풍년을 예약했지만 어촌은 적조가 널리 일어서 흉년을 면하기가 어려운 형편이라고 한다. 한마디로 농어촌이니 농어민이니 해 왔지만 농촌과 어촌은 본디 한 줄이 아니었으니 나는 어느 줄로 기우는 것이 제대로 기우는 것일까. 농촌도 어촌도 아닌 동네에서 생선 횟집을 하는 이가 어느 날 나에게 따지듯이 말했다. 해마다 여름이 되면 언론에서 꼭 비브리오 패혈증에 대한 경고와 예방책을 전하되 꼭꼭 하는 말이 '어패류'를 날것으로 먹지 말라는 것이었다. 그 병균은 늘 굴 조개 소라 낙지 등 연체동물 즉 패류에서 번지는데, 먹기 전에 떨떠름하고 먹고 나서 껄쩍지근하도록 왜 생선까지 싸잡아서 '어패류'로 이름 지어 애매한 생선 횟집에 상처를 입히곤 하는가. 그것이 부당하다면 당신같이 글을 쓰는 사람이라도 나서서 바로잡아야 할 것이 아닌가. 그런데도 나는 여름이 다 가서야 이 말을 하고 있다. 어류 쪽에 줄 설 기회를 놓친 탓이었다. 줄이 여러 가닥이라서 줄 서기에 서툰 것인가. 모르겠다.

구식 밥상머리 교육

어려서 모친에게 하도 밥 먹듯이 들어서 이날토록 영 잊혀지지 않는 말씀이 있다. 으레 내 또래 중의 한 아이를 들먹이며 '제발 아무개 좀 닮아 보라'고 나무라시던 말씀이 그것이다. '너는 아무개의 발뒤꿈치도 못 따라간다' 운운은 그 다음 순서였다. 당신 나름의 '밥상머리 교육'을 위한 꾸중이었지만 그것도 지금에야 그래서 그러셨던가 보다 하고 '이해'를 할 뿐이다.

어쨌거나 나는 단 한 번도 그 아무개를 꿈에도 '닮아 볼' 마음은 고사하고 '따라 배울' 생각도 해 본 적이 없었다. 그 아무개라면 숫제 염두에도 두지 않고 안중에도 없었다. 또 이날 입때껏_{어태껏} 그것을 반성한 일도 없으며, 그래서 결국 나의 어디가 어떻게 잘못됐다고 뉘우쳐 본 일도 없었다. 생각하면 짐짓 어깃장을 놓아 아무개가 이리 가면 나는 저리 갔던 일이 오히려 더 많았던 것 같다. 모친의 밥상머리 교육은 끝내 도로아미타불이었던 셈이다.

　나는 학과 공부뿐 아니라 운동이고 심부름이고 간에 무엇 한 가지 똑똑하게 해낸 것이 없었다. 숫기도 없고 말주변도 없었다. 심지어는 인사성마저도 밝지 않았다. 남의 눈에 들 만한 구석은 눈곱만큼도 없이, 맨 눈 밖에 날 거리만 두루 갖추었던 것이다. 게다가 일가 사람이건 동네 사람이건 어른들의 말까지 '너 해라 나 듣지' 하고 자랐다. 그러니 '싸가지'로 말하면 애저녁에 다 틀린 아이였던 것이다.

　누구를 본받아 누구처럼 살라는 것은 남들을 본떠서 남들과 똑같이 살라는 말이나 같다. 개개인의 개성에 대한 부정이자 개성이란 개념조차 없이 공자왈 맹자왈로 세월 했던 시대의 순종주의 교육에서 못 벗어난 것이다. 그래서 나는 내 인생 내가 사는 것이 아니라 남의 인생을 살라는 '종다수從多數주의'에 솔깃해 하지 않았다. 감히 독립특행獨立特行[*]이야 바랄 수 있을까마는 그 대신에 부화뇌동[*]의 혐의가 없는 소수파小數派에 들기로 한 거였다.

　무의미한 무개성이 무모한 무작정주의를 낳듯이 순종주의 교육은 복종주의를 낳고, 복종주의 교육은 면종복배面從腹背[*]하는 두 얼굴의 인간을 잉태하게 마련이다. 순종주의 교육은 또 틀에 박힌 비창조적인 교육이며 관습의 답습과 관행의 속행續行[*]을 부추긴다. 곧 창조적인 상상력의 공적公敵[*]이며 매양 사고의 획일화와 의지의 균등화가 그 소득이다. 다식판[*]에 박은 물건은 아무리 재료가 달라도 색깔만 다를 뿐이며 모양은 오로지 한결같을 수밖에 없는 것이다.

내가 '나는 나지 아무개가 아니다'는 소견에 모친의 다식판 교육을 싫어하고 엇나간 것은 관념적인 불효가 분명할 것이다. 그러나 그러한 불효는 맹목적인 평균주의에 대한 불복이 본뜻이었으니 양해 사항에 속하리라고 생각한다.

문화관광부가 새 천 년 첫 설을 맞아 한복 입기와, 세배하고 덕담 나누기와, 윷놀이 같은 세시 풍속 놀이하기 등 3대 캠페인을 열기로 했다는 것이 설 전전날 신문에 났다. 국민이 설날에 입으라는 옷을 입고, 나누라는 말을 나누고, 놀라는 놀이를 놀 것이라고 생각한 관료적인 발상이 참으로 신통방통하다. 이토록 문화 관광적인 교육 행사도 아무 데나 있는 구경거리는 아니니까.

열보다 큰 아홉

오늘은 아홉과 열이라는 수가 지니고 있는 뜻에 대해서 생각해 보기로 합시다.

잘 아시다시피 열은 십·백·천·만·억 등의 십진급수十進級數에서 제일 먼저 꽉 찬 수입니다. 그러므로 이 열에 얼마를 더 보태거나 빼거나 한다면 그것은 이미 열이 아닌 다른 수가 됩니다.

무엇을 하기에 그 이상 좋을 수가 없이 알맞은 경우에 '십상 좋다'고 말하는 십상도, 열 십十 자와 이룰 성成 자에서 나온 말입니다. 그만큼 열이란 수는 이미 이룰 것을 이룩한 완전한 수이며, 성공을 한 수인 것입니다.

그러면 아홉이란 수는 어떤 수입니까? 두말할 필요도 없이 열보다 하나가 모자라는 수입니다. 다시 말하면 완전에 거의 다다른 수, 거기에 하나만 보태면 완전에 이르게 되는 수, 그래서 매우 아쉬움을 느끼게 하는 수인 것입니다.

그러면 아홉은 정녕 열보다 적거나 작은 수일까요. 그렇지 않습니다. 예를 들어 보겠습니다.

끝없이 높고 너른 하늘을 십만리장천이라고 하지 않고 구만리장천九萬里長天이라고 합니다. 젊은이더러 앞이 구만리 같은 사람이라고 하는 말과 같은 뜻이지요.

굽이굽이 한없이 서린 마음을 구곡간장九曲肝腸이라고 하고, 굽이굽이 에워 도는 산굽이가 얼마인지 모르는 길을 구절양장九折羊腸이라고 하고, 통과해야 할 문이 몇이나 되는지 모르는 왕실을 구중궁궐九重宮闕이라고 하고, 죽을 고비를 수도 없이 넘기고 살아난 것을 구사일생九死一生이라고 표현하고 있습니다.

또 있습니다. 끝 간 데가 어디인지 모르는 땅속이나 저승을 구천九天이라고 하고 임금보다 한 계급 모자라는 대신인 삼공육경三公六卿을 구경九卿이라고 합니다. 문화재로 남아 있는 탑들을 보면, 구층 탑은 부지기수로 많아도 십층 탑은 아직 보지 못하였습니다.

동양에서는, 그중에서도 특히 우리나라에서는, 오랜 옛날부터 열보다 아홉을 더 사랑했습니다. 얼마나 사랑했으면 아홉 구 자가 두 번 들은 음력 구월 구일을 중양절이니, 중굿날이니 하는 이름으로 부르면서 천 년이 훨씬 넘도록 큰 명절로 정하고 쇠어 왔겠습니까.

우리의 조상들이 열보다 아홉을 더 사랑한 것은 무슨 까닭이었을까요. 간단히 말해서 모든 일에 완벽함을 기대하지 않았다는 뜻이 아니었을까요? 다시 말하면, 이 세상에 완전한 것은 없다는 사실을, 우리의 선조들은 아주 오랜 옛날부터 익히 알고 있었다는 사실입니다.

우리가 흔히 듣는 말에 "모든 기록은 깨어지기 위해서 있다"는 말이 있습니다. 이 말이 맞지 않는 말이라면, 여러분이 아시다시피 세계 제일의 기록만을 수록하는 『기네스북』도 해마다 다시 찍어 내야 할 이유가 없겠지요.

모든 기록이 반드시 깨어지게 마련인 것은, 그 기록을 이룩한 것이 인간이기 때문이라고 생각합니다. 인간은 저마다 무한한 가능성을 타고난 사실과 아울러서, 이 세상에 완전한 인간은 결코 어디에도 있을 수가 없다는 사실 또한 그 스스로가 증명해 주는 존재이기도 합니다.

열이란 수가 넘치지도 않고 모자라지도 않고, 또 조금도 여유가 없이 꽉 찬 수, 그래서 다음도 없고 다음다음도 없이 아주 끝나 버린 수라는 점에서, 아홉은 열보다 많고, 열보다 크고, 열보다 높고, 열보다 깊고, 열보다 넓고, 열보다 멀고, 열보다 긴 수였으며, 그리하여 다음, 또는 그 다음, 그도 아니면 그 다음다음을 바라볼 수 있는, 미래의 꿈과 그 가능성의 수였기에, 슬기롭고 끈기 있는 우리의 선조들에게 일찍부터 열보다 열 배도 넘는 사랑을 담뿍 받아 왔던 것입니다.

하물며 여러분은 지금 한창 자라고, 한창 배우고, 한창 놀아야 할 중학생입니다. 여러분은 지금 무엇 한 가지도 완벽할 수가 없으며, 항상 어딘가가 부족하고 어설픈 것이 오히려 정상적인 학생입니다. 행여 무엇이 남들보다 모자란 것이 아닌가 싶어서 스스로 괴로워하고 외로워하고 서글퍼해 온 학생이 있다면, 어떨까요, 이제부터라도 열이란 수보다 아홉이란 수를 더 사랑해 보는 것은.

삭발과 빨간 띠

어떤 힘의 정체가 바르지 않다거나 비합리적이거나 반문명적인 경우에 대한 직접적인 의사 표시의 하나로 시위보다 더 나은 게 없다는 판단에서 나온 부득이한 시위는 떳떳하고 옳은 일이라고 할밖에 없다. 또 사세事勢가 그럴진대는 처음부터 남의 지지와 찬성으로 여론이 유리해지며 우군을 얻는 데에도 한결 수월할 것이 분명하다.

그러나 그렇다고 하더라도 그런 시위일수록 모름지기 태도가 두루 반듯하고 모양이 나서 누가 보더라도 보기에 좋아야 할 것은 물론이다. 남들의 이목이 곧 여론의 비롯이며 바로 결과의 절반이나 다름이 없기 때문이다. 들앉은 시위건 나앉은 시위건 시위를 벌이는 마당에 누가 보더라도 모양이 나도록 태도를 반듯하게 갖춘다는 것은 말처럼 그리 쉬운 일이 아니다. 지난날 몇 차롄가 시위에 직접 가담해 본 적이 있었기에 하는 말이다.

우리의 시위 문화는 왜 점잖지가 않은 것일까. 이유는 간단하다. 시위 자체에 폭력적인 성질이 숨어 있어서, 진압 병력의 전투적인 해산 작전이나 구사대의 방어적인 공격에만 혐의가 있는 것이 아니기 때문이다. 이를테면 시위 현장에서 흔히 볼 수 있는 '~은 물러가라' 느니, '~은 자폭하라' 느니, '~을 구속하라' 느니 따위의 구호와 몸짓, 깃발이며 그림이며 풍장이며 노래며 등의 상투적인 시위 모습 역시 폭력적인 충동성 탓에 시위가 스스로 야성적인 성분을 덮지 못하는 까닭이다.

폭력은 근본적으로 모두가 반문명적인 것이다. 그러므로 무슨 시위든 애당초 보기에 좋을 턱이 없다. 따라서 시위에 이르게 된 사정이나 사연이 제아무리 합당할지라도 그 방법과 수단과 모양새에 따라, 다시 말하면 시위하는 태도가 사납고 거칠수록 여론화에 불리하고 우군 확보에도 이롭지 않을 것은 자명한 일이다. 하물며 시위치고 크고 작은 차이는 있을망정 무릇 타인의 불편과 불안을 담보로 하고 난 다음의 일이겠는가.

효과적인 시위란 그 당위성을 여론화하고 우군의 확보 및 묵시적인 동조를 확산시키는 일이다. 그러므로 당연히 주의해야 할 것은, 남의 이목을 의식하여 그들로 하여금 식상하지 않게, '그 타령이 장타령"으로 보이기가 십상인 꼴을 되풀이해서는 안 된다는 것이다. 남의 이목 중에서도 사회적인 역동성을 창출하는 젊은 세대는 거의가 눈들이 높다. 어지간해서는 그들을 감동시킬 수가 없다는 뜻이다. 그들은 개인주의가 체질화되어 감동적인 것이 아니면 감정적인 것으로 보고, 여론에 찬물 노릇을 하거나 강 건너 불구경으로 치기가 쉽다.

신세대만이 요주의의 대상인 것도 아니다. 기성세대는 거의가 생각이 넓고 깊다. 웬만큼 해서는 우군이 되기를 꺼린다는 뜻이다. 그들은 또 체질화한 불감증으로 하여 자구적인 것이 아니면 자학적인 일로 보고, 여론에 모르쇠˚를 대거나 네 탓으로 여겨 흘기눈˚흑보기˚을 뜨기가 십중팔구다. 시위 당사자로서는 앞뒤엔 아전이요 좌우엔 상전인 셈이다.

새 천 년 들어 일어난 시위를 보면 대학가의 등록금 인상 반대 시위를 필두로, 농·축협 개혁에 따른 시위, 의약업 개혁에 따른 시위, 금융 산업 개혁에 따른 시위, 의료 보험˚건강보험 개혁에 따른 시위까지 다양하다. 그런 시위장마다 꼴불견인 것이 삭발과 붉은 깃발의 풍년이었다. 들리는 말과 같이 삭발이 각오의 표현이라고 한다면 이들 하이칼라˚ 시위대의 각오는 과연 어떤 각오이기에 삭발이 아니면 표현이 불가능한 것인지 궁금한 일이 아닐 수 없다. 이들 하이칼라는 평소에 고객을 어떻게 대했기에 마침내 시위까지 벌이게 되었을까. 그들이 사람을 내려다보며 근무했던가 올려다보며 근무했던가. 이들의 시위는 국민 각자가 그동안 겪고 느낀 바에 따라서 가름할 일이니, 우군 여부에 대한 판단은 긴말이 필요치가 않은 일이다.

붉은 깃발에 대한 혐오감은 그것이 하필 적신호의 상징이기에 더욱 끔찍해 보였을 것이다. 시위대가 바라고 남들이 바라는 것은 청신호뿐이련만 거리를 뒤덮고 나선 것은 으레 적신호뿐이었다. 시위대는 다 그만한 이유가 있어서 그랬겠지만, 그 이유를 모르는 이가 보기에는 흉하고 천박하며 불안감을 주는 물건임에 분명하다. 기득권층의 밥그릇 챙기기나 박탈감층의 밥그릇 챙기기나 난형난제로 보이는 것도 그다지 모양 나는 일이 아니었다. 밥술이나 먹는 이익 집단의, 먹으면 먹을수록 더 못 먹어 하는 집단 이기주의적 행동 또한 여간해서 여론의 힘을 입기가 어려울 뿐더러 우군 확보 역시 수월치가 않을 일이다.

삭발을 통한 각오 표현은 우리의 풍속이 아니다. 야구 선수 박찬호의 삭발이 우스운 것도 우리네 풍속이 아닌 탓이다. 유교 문화의 유산인 줄 알고 세기를 달리하도록 굳게 지키는 호주 제도가 식민지 관리의 편의주의에서 나온 일제의 잔재殘滓*이듯, 삭발과 깃발과 머리띠도 일본 제국주의가 심어 놓은 식민지의 유산을 끈질기게 가꾸는 꼴과 다름이 없다는 것이다. 그래서 한국인의 특징을 은근과 끈기라고 했는지도 모르겠다.

삶의 대답

서울 올림픽에 즈음하여 '올림픽 미소'라는 말이 새로 나왔다. 외국인을 대하는 안전 요원들의 훈련받은 미소를 보고 외신이 지어낸 신조어였다. 올림픽에 대비한 여러 가지 가시적인 미화 작업을 가리켜 '위생 처리된 서울' 운운한 시각으로 미루어 이 경우에도 '행정 처리된 미소' 정도로 비아냥거림직도 한데, 굳이 '올림픽 미소'라고 축소한 것은 그나마 개최국의 체면을 나름대로 고려한 까닭인지도 모를 일이다.

서울에 온 외국 언론인들이 훈련받은 미소가 아닌 말 그대로의 인간적인 미소, 이른바 '마음에서 우러난 밝고 따뜻한 미소'를 아쉬워해 온 것은 근래의 일이 아니다. 관광이 산업화된 이래 들을 만큼 들어 온 말 가운데의 하나가 바로 미소에 인색한 시민들의 무표정 내지 굳은 표정에 대한 지적이었던 것이다. 이 미소 결핍증은 이번 서울 올림픽 준비 상황을 본 외국 언론인들의 소감에서도, 숨기고 싶은 것은 숨기고 보이고 싶은 것만 보여 주려고 애쓰는 전시주의와 함께 되풀이 거론되었다. 개중에는 '미소는 돈이 들지 않는다'는 충고까지 곁들인 예도 있었다.

나는 새삼스럽게 생각해 보았다. 한편으로는 오죽했으면 그럴까 싶고, 다른 한편으로는 과연 그럴까 싶은 것이 이 미소 타령이었다. 외국인들의 지적과 충고가 따를 지경으로 사람들은 매양 웃음을 잃고 사는 것인가. 그렇다면 실낙원失樂園*인가. 그리하여 웃음 대신에 짜증과 핀잔과 투정과 트집과 미움과 한숨으로, 열탕 끓탕*의 성난 얼굴, 모진 표정들로 가득하며, 시달리고 부대끼고 다라지고* 찌든 나머지 체념이 화석화化石化된 무표정의 천국인가. 또 웃음이란 무엇인가. 무엇이기에 그것으로 사람들을 헤아리고 가늠하고 짐작하여 모개흥정*을 하려고 하는가.

나는 물론* 생각이 깊은 편이 아니다. 그러므로 웃음은 살림살이의 대답이라는 수준에서 그칠 수밖에 없었다. 그러나 "왜 산에서 사느냐기에 / 그저 웃을 뿐"問余何事栖碧山 笑而不答心自閑이라고 읊은 대시인의 '산중문답'山中問答적인 미소만이 살림살이의 대답일 수 있다는 것은 아니다.

세상에는 '마음에서 우러난 밝고 따뜻한 미소'만이 있는 것은 아니다. 코웃음〔鼻笑〕도 있고 눈웃음〔目笑〕도 있다. 큰 웃음〔大笑, 哄笑〕도 있고 찬웃음[冷笑]도 있다. 선웃음[微笑]도 있고 비웃음[嘲笑]도 있고, 겉웃음[假笑]도 쓴웃음[苦笑]도 있다. 그뿐인가. 껄껄 웃는 웃음[放笑]과 가만히 웃는 웃음[寶笑]이 있고, 실없는 웃음[媚笑]과 실속 있는 웃음[寔笑]이 있고, 기뻐서 웃는 웃음[喜笑]과 거짓으로 웃는 웃음[脫笑]과 가여워서 웃는 웃음[憫笑]과 넘보는 웃음[輕笑]이 있고, 아양 떠는 웃음[巧笑, 媚笑]과 빈정거리는 웃음[嘲笑]이 있고, 놀리는 웃음[揶笑]도 있고, 비난하는 웃음[非笑]도 있고, 바보 같은 웃음[癡笑], 즐거운 웃음[談笑], 업신여기는 웃음[侮笑], 손가락질하는 웃음[指笑], 시끄러운 웃음[譁笑], 자지러지는 웃음[艷笑], 아첨 떠는 웃음[諂笑]이 있는가 하면 때 아닌 웃음[失笑]도 있고, 우스워서 웃는 웃음[可笑]뿐 아니라 우습지도 않아서 웃는 웃음[誹笑]까지 있다.

이 중에서 어느 것을 인간의 삶과 무관한 웃음이라고 할 수 있겠는가. 웃음을 파는 짓[賣笑]도 인간의 일이요 웃음을 사는 짓[買笑]도 인간의 일인진대, 웃어야 할 때를 몰라서 웃지 못한 웃음이나, 웃고 싶어도 웃을 수가 없었던 웃음 또한 예외라고 할 수가 없을 것이다.

웃음소리에는 하하·허허·호호·후후·흐흐·히히 같은 단모음 외에 여러 자음들까지 동원되지만 그것이 단순한 표음*으로 그치는 것은 아니다. 이를테면 옛글에서 보는 하하[哈哈·呵呵], 허허[嘘嘘], 효효[哮哮], 흘흘[吃吃], 희희[嘻嘻·嘻嘻·嬉嬉·嬶嬶], 합합[嗑嗑], 가가[呵呵], 갹갹[噱噱], 방방[哮哮] 등의 의성어가 표의*에 그치지 않듯이, 웃음에도 소리와 의미와 모양,

그리고 웃음의 때와 장소와 상대에 따라 저마다의 차이가 있는 것이다. 무릇 인간의 삶이 그렇지 아니한가. 그러므로 웃음은 헤플 것도 아니지만 절제가 지나쳐서 인색할 것도 아닌 것이다.

그런데 외국인들은 걸핏하면 웃음의 빈곤을 말하고 있다. 나는 그들의 말을 부정할 자신이 없다. 우선 공공 기관에 가서 '마음으로 우러난 밝고 따뜻한 미소'를 보기란 떡값·술값·담뱃값·점심 값 따위 급행료를 모르고 볼일을 보기만큼이나 어려운 것이 사실이다. 무슨 조합이니 협회니 하는 단체들 역시 관료주의에 젖어 있어서 미소 이전의 좋은 얼굴조차도 구경하기가 어렵다. 관료주의만 그런 것도 아니다. 길 건너 약국에서 유수한 종합 병원까지, 돈 맡기는 은행에서 돈 내는 보험 회사까지, 구멍가게에서 백화점까지, 목욕탕에서 동네 대서소까지, 여인숙에서 호텔까지, 해장국집에서 요릿집까지, 대폿집에서 고급 유흥장까지, 택시에서 유람선까지, 극장에서 관광업소까지, 개인 단위의 접객을 사업의 생명으로 하는 휴식·휴양·오락·위락·흥행·유흥업소들마저, 마음에서 우러난 밝고 따뜻한 미소는 고사하고 무덤덤한 무표정은 차라리 점잖은 편이요, 지루퉁한* 입, 치떴다 감떴다^{내리떴다} 하는 눈, 너 해라 나 들지 하는 귀, 울퉁불퉁한 볼, 퉁명스런 말대답, 감때사납게* 목에 힘주고 배를 내미는 상스러운 태도와 도전적인 응수, 넘보고 얕잡으려 드는 수작에 봉변만 안 당해도 다행으로 여길 지경인 것이다.

찾아오는 손님을 먹을 감으로 아는 듯한 무람없고* 당돌한 태도, 너 언제 또 보랴 하는 듯한 발칙하고 되바라진 표정. 그것은 어쩌면 짐짓 웃어 주거나, 웃어 보이거나, 웃는 시늉을 해 봤자 별것 있겠느냐는 계산, 다시 말하면 값싼 웃음 주고 값진 웃음을 얻을 줄 모르는 잘못된 경제주의의 바탕인지도 모를 일이다. 일이 이런데 하물며 한 번 지나가면 언제 또 볼지 모른다고 여기는 뜨내기 외국인에게 마음에서 우러난 밝고 따뜻한 미소일 것이랴.

이 웃음의 빈곤은 그러나 상속받은 유산은 아니다. 가난이 흉이 아닐 때는 오히려 웃음이 넉넉했던 것도 같다. 가난이 흉이 아니기에 웃음이 나올 수 있었던 것인지도 모를 일이다. 웃음 소笑 자의 원형은 '소'笑이다. 입을 벌리고夭 하늘大을 쳐다보는 것이니 우스움을 못 이긴 앙천대소仰天大笑와, 헙헙함을 못 이긴 너털웃음을 아울러 담은 글자다.

한국인의 웃음은 '울음 속의 웃음이며 웃음 속의 울음'이라고 결론한 분도 있다. 우리의 전통문화를 한恨의 문화라고 정의한 분과 비슷한 경위가 아닌가 싶다. 지리산 빨치산의 처참한 자취를 역사 앞에 증언한 이태李泰의 『남부군』南部軍을 보면 그 상상을 절하는* 극한 상황에도 턱없이 웃는 일이 자주 나오고 있다. 때로는 울어도 시원치 않은 경황에도 부러 웃음거리를 만들어서 웃음을 서로 나누기도 한다. 이런 '울음 속의 웃음, 웃음 속의 울음'은 사랑이 겨워 죽네 사네 하는 『춘향전』에도 있고, 가난이 원수인 『흥부전』에도 있고, 딸의 목숨과 소경을 바꾼 『심청전』에도 있다. 탄식과 하소연과 청승으로 가락을 잇는 민요와 전설에서도 웃음은 빠지지 않는다. 사모˚ 쓴 사람, 갓쓴 사람, 초립˚ 쓴 사람부터 더그레˚ 쓴 사람, 벙거지˚ 쓴 사람, 패랭이˚ 쓴 사람, 수건 쓴 사람에, 그도 저도 차례가 안 간 더벅머리 떠꺼머리˚까지, 두루 얽고 고루 엮어서 흥을 보고 욕을 보이는 판소리야 말할 것도 없다. 동냥으로 사는 장타령꾼˚의 장타령˚도 웃음이 아니면 넘어가지 않는 판이 아니던가. 한탄과 원망과 골계와 풍자와 해학을 낳아 한과 흥이 안팎을 이루게 하였다. 웃음은 선인들의 체온이며 체취였고, 삶의 대답이며 육성이었다.

그리고 면면이 대를 물려 민족 정서의 하나가 되고, 민족 전통의 하나가 되고, 민족 유산의 하나가 되었다. 소설에서는 홍명희˚·김유정˚·채만식˚이 맥을 대었고, 다시금 천승세˚·송기숙˚·김주영˚·박범신˚·김수용˚ 등이 잇고 있다.

그러나 삶의 현장에서는 웃음이 드물어진 지 오래되었다. 외신은 "서울에는 두 얼굴이 있다. 고함치고 법석대고 웃어 대는 일상적인 서울과, 세계에 보이기 위해 손질하고 광을 낸 위생 처리된 서울이 그것"이라고 했다지만, 그 '웃어 대는' 웃음도 사실은 한 얼굴의 것이 아니다. 지역감정의 측면에서도 흔히 느끼는 바와 같이, 그 역시 지연地緣·학연學緣·척연戚緣˚ 및 그와 비슷한 연고주의緣故主義의 일면인 것이며, 웃음 결핍증의 호전을 의미한다고 보기에는 아직 이르다는 것이다.

이 웃음의 기근 현상에 나는 한 가지 선입관이 있다. 한국적 가장 행렬로 일관한 독재 문화의 후유증이라는 것이다. 독재 문화의 질곡*에 의하여 속절없이 많은 사람들의 기개*가 주눅이 들고, 상처받은 심성에 심술이 들고, 주름살이 얽힌 얼굴에 그늘이 들었다. 독재의 속성이 통제와 사찰을 위한 국민의 조직화와 우민화 공작임은 이미 한 세대에 걸친 경험에 의하여 익히 아는 터이다. 경험 자체가 비극일 수밖에 없는 이 부끄러운 경험…… 그동안 겪은 것만 해도 대경실색*한 일이 한두 번이었으며 포복절도*할 일은 또 어디 한두 번이었던가. 거듭된 비도덕적 정권의 부침浮沈*, 권위주의자들의 저질적인 부정부패만 해도 놀람과 웃음의 감각을 능히 마비시키고 남음이 있지 아니한가. 이제는 여간해서는 안으로 놀라지도 않게 되었거니와 겉으로 웃음이 나오지도 않게 되고 만 것이다.

권위주의의 공작으로 조직화된 국민은 웃음의 유보와 대답의 통일성을 보이게 마련이다. 통일된 대답은 삶의 대답이 아니다. 관념적인 논리와 위선적인 가성假聲(거짓소리)일 뿐이다. 따라서 웃음이 귀해지고 사치품으로 변한다. 사치품은 같은 이웃이라고 해도 선별적으로 나눈다. 아는 사이나 어떻게 되는 사이에서만 오가는 연고주의의 어음이 되는 것이다. 비연고자는 그것을 '웃긴다'고 하거나 '우습게보게'

되기가 쉽다. 웃음의 평가절하인 셈이다. 웃음의 평가절하가 비민주적인 사회 환경의 반응임은 두말할 것도 없다.

이 웃음 결핍증은 모름지기 치유되어야 한다. 웃음의 회복은 곧 웃음의 민주화이다.

웃음의 민주화는 희망적이다. 그것은 강요된 충효 사상과 국민 정신 개조론이 마침내 독재자의 처단과 국민의 의식화로 나타나면서 확인된 것이기 때문이다.

이 땅의 민주화는 올림픽의 해인 금년부터 눈에 보이게 진행되고 있다. 이 글을 쓰면서 서울 올림픽의 아름답고 자랑스러운 개막식을 텔레비전으로 보았다. 웃음도 보았다. 마음에서 우러난 밝고 따뜻한 미소도 보고, 쾌청한 날씨처럼 활짝 핀 함박웃음도 보았다. 마치 웃음의 해방과도 같은 모습이었다.

몸에 좋다는 것

가만히 보면 어떤 이는 '몸에 좋다'는 먹을거리가 따로 있는 줄로 아는 것이 아닌가 싶을 때가 있다. 그리고 그런 이들은 그전 같으면 먹을거리로 쳐주지도 않았던 별 귀꿈스럽고˚ 하찮은 것들을 무슨 불로장생의 선약仙藥˚이나 되는 것처럼 흰소리˚를 하며 들먹거리기가 일쑤였다.

몸에 좋은 음식이 따로 있다면 모름지기 몸에 나쁜 음식도 더불어 있어야 할 것이다. 그러나 그것은 상식에서 어긋나는 일이다. 몸에 나쁜 음식은 처음부터 음식 축에 들지도 못했을 터이기 때문이다. 일테면 꼭 잡곡밥만이 몸에 좋다는 소리가 말이 되려면 쌀밥은 꼭 몸에 나쁘다는 소리가 말이 되어야만 하고, 또 개고기만이 꼭 몸에 좋다는 소리가 말이 되려면 쇠고기가 또 몸에 나쁘다는 소리도 꼭 덩달아야만 이 말이 된다는 것이다. 그리고 수수백 년 동안 쌀밥과 고깃국 타령을 입에 달고 살다시피 했던 옛 서민들은 몸에 좋고 나쁜 것도 똑똑히 못 가린 채, 덮어놓고 쌀을 생명처럼 알고 쇠고기를 가장 귀한 반찬감으로 여긴 멍텅구리였다는 말도 누구에게나 그럴듯하게 들려야만 옳다는 것이다. 생각건대 몸에 좋은 음식이 따로 있는 줄로 아는 음식 미신이야말로 비상식적인 믿음이며, 어려서 배를 많이 곯아 본 이들에게는 배가 잔뜩 나온 이들의 배부른 소리로밖에 들리지 않는 말이 그 말이기도 하다는 것이다.

들으니 접때 어느 해수욕장의 포장마차에서는 도토리묵 한 접시에 3만 원을 부르더라고 한다. 쇠고기 서 근 값이었다. 비싼 이유는 몸에 좋은 건강식품 운운이었다. '도토리는 여름 농사 되는 꼴 보아 가면서 영근다'는 속담이 아니더라도 도토리는 피 쑥 메밀 기장 무릇* 뚱딴지* 둥굴레와 함께 옛날부터 쳐준 구황* 식품이었다. 없는 집에서나 혈수할수없이* 먹은 구황 식품이 어느새 몸에 좋은 건강식품으로 격상됐는지 알 수 없는 일이다.

어렵던 시절에 내가 물리도록 먹은 구황 식품은 쑥이었다. 쑥을 데쳐서 잡곡 가루와 섞어 만든 쑥풀떼기*와 쑥버무리*와 쑥개떡은 보릿고개 때마다 주식이나 다름이 없었다. 쑥은 지금도 민간요법에서는 감초에 준하는 약초다. 식약일여食藥一如*라는 말이 있거니와 그 후로 잔병치레를 몰랐던 것도 혹 쑥으로 살았던 덕이 아니었을까. 그러고 보면 구황 식품이 건강식품이란 말도 헛소리만은 아닌 것 같기도 하다.

하루는 향리의 서재에서 밤이 이슥토록 글을 쓰고 있자니 이웃집 아줌마가 와서 햇쑥^{해쑥}이 하도 예쁘기에 모처럼 쑥개떡을 쪄 봤노라며 아닌 밤중에 개떡'을 한 접시 놓고 가는 것이 아닌가. 개떡이 하도 맛있기에 도대체 이 맛이 얼마 만인가 하고 꼽아 보니 한 40여 년 만에 보는 맛이었다. 나는 개떡을 먹고 나서 혼잣말로 중얼거렸다. 맛없는 개떡은 아마 진짜 개떡이 아닐 것이라고.

몸에 좋다는 것

나는 속절없이 신조어에 밀려나서 이젠 어느 구석에 박혀 있는지 모르게 된 쓰이지 않는 이름이나 촌스러운 방언에 대해 아련한 향수를 느낄 때가 있다. 부질없는 짓이다.

제4부　장터에서 들리는 입심

장터에서 들리는 입심

내 고향은 흔히 말하는 지방 소도시 중 하나다. 시 소재지의 인구가 5만 명 남짓하여 시가 된 지는 오래지만 사는 규모를 보면 읍내였을 때하고 별로 달라진 게 없다. 인구나 산업이나 느는 데가 아니라 주는 데이기 때문이다.

그러나 시내의 장터와 저잣거리의 앉은장수상설시장들은 무싯날[無市日]에도 늘 장사가 된다고 한다. 장항선 연변에 있는 소도시들 중에서는 물화物貨가 가장 넉넉하여 그런대로 자생력을 갖추게 된 것이다.

그렇지만 시민들은 지금도 여전히 장날을 따지고 장을 쉰다. 즉 닷새 한 파수마다 장이 서고 장돌림장돌뱅이과 장꾼들이 모여들어 장을 보는 것이다. 이번 장에서 다음 장까지의 닷새 동안을 '한 파수'니 '한 장도막'이니 하고 말하는 것도 예전하고 똑같다. 속담에 '여자는 제 고장의 장날을 몰라야 팔자가 좋다'는 말도 있다. 하지만 '맞벌이'

에 대한 개념도 없이 남편의 유고나 무능을 전제로 한 시대착오적인 유습儒習*의 한 자락으로 시효가 다 된 속담에 지나지 않는다.

장은 권위주의 시대에 근대화의 상징적인 작업의 하나로 전국의 5일장을 몽땅 폐쇄시키면서 시들기 시작했지만, 인문적으로는 신구 세대 간의 차이를 실감할 수 있고, 사회적으로는 사양 산업과 첨단 산업 간의 갈등을 확인할 수 있는 큰 마당임에 분명하다.

육장六場은 닷새에 한 번씩, 한 달에 여섯 번 서는 장을 뜻하는 말이지만, 한 번도 빠지지 않고 늘, 노상, 밤낮, 만날, 줄곧 등의 속뜻으로도 쓰이는 말이거니와, 그래서 그런지 큰 명일과 겹치지 않는 한 장이 깨지는 일은 없다. 6·25 때에 봤듯이 장은 전쟁 때에도 섰던 것이다.

내 고향은 육장이 선다. 일본의 이름난 화학 조미를 '뱀가루'라고 해도 그런가 보다 했던 시절, 장꾼이 '백차일 치듯이'* 넘실거렸던 시절에 비하면 규모가 많이 줄어서 초장머리가 파장머리처럼 썰렁하긴 해도, 그러나 여전히 '매장치기'*를 하는 장꾼들이 있어서 하루가 시끌벅적하게 저무는 것이다.

장은 늘 식전부터 섰다. 서도 시늉만 서는 것이 아니라 '열두 마당 거리'로 섰다. 물론* 예전처럼 싸전*이 장터 한복판에 서는 건 아니었다. 싸전의 쌀금은 곧 그날 '시장 경제'의 표준이자 그 장부터 다음 장 사이, 즉 한 장도막의 '농촌 경제'의 상징이었지만, 쌀이 지금처럼 처치 곤란해지기 전부터 장터에서 싸전 자체가 사라지고 말았다. 싸전에서 마질[*]을 하여 거래되었던 것이 이제는 방앗간_{도정 공장}에서 짝으로 거래되는 것이다.

따라서 곡식을 날라 주고 삯을 받아 살았던 '짐방'_{짐꾼}도 없어지고, 달구지를 부렸던 '마바리꾼'도 사라졌다. 장에 들어오는 길목을 지키고 있다가 봇짐이나 반봇짐으로 돈 사러 나오는 찹쌀·참깨·들깨·흑임자·녹두·팥·기름콩·메주콩·검정콩·조·수수·기장·율무 등을 가로채듯이 거두어들였던 '장맞이꾼'들도 사라지고, 장맞이꾼한테서 곡식을 떼어 서울로 치먹였던 '되넘기장수'들도 사라졌다. 마되질을 하면서 장되(場枡)[*]로 되었느니 식되(食枡)[*]로 되었느니 하고 서로 찌그렁이[*] 붙던 소리도 사라졌다.

싸전 다음으로 큰 전은 쇠전이었다. 쇠살쭈_{소 흥정꾼}가 흥정이 되면 옆에서 거들어 준 거추꾼과 함께 담배를 도르거나[*] 술을 사는 법이라 쇠전께는 으레 장국밥을 말아 주는 국밥전이 서고 대폿집이 널려 있어서 한나절 내 시끄러웠다. 쇠전 옆에는 또 닭과 오리를 파는 어리전이 덤처럼 서는 것이 보통이었다. 어리전에는 돼지와 염소만 나는 게 아니라 거위며 토끼며 강아지도 났다.

삼베나 모시부터 비단까지 파는 드팀전도 늘 장터 한가운데에 있었다. 그 옆으로는 신발전이 서고, 잇대어서 어물전이 섰다. 어물전은 바다가 가까워 생선만 흔한 게 아니라 김·말·톳·미역·파래·청각·

세모참가사리·다시마 같은 해조류도 흔했다. 어물전 옆에는 군데군데에 소금장수를 끼고 갯것전이 섰다. '갯것'은 갯가에 사는 사람들이 패류를 가리키는 방언이었다. 따라서 갯것전에는 꽃게를 비롯하여 굴·조개·고둥·해삼 같은 갯벌이나 갯고랑에서 나는 것들이 있었다. 어물전 옆에는 젓갈전이 자리를 잡았다. 앞바다에 여러 섬이 흩어져 있어서 그런지 새우젓만 해도 오뉴월에 잡아 담근 오사리 잡젓에서부터 유월에 잡은 육젓, 구시월에 잡은 추젓과 자하젓(감동젓)˚, 서리 올 때 잡은 동백하젓˚이 흔하고, 조기젓(황석어젓 — 황새기젓), 밴댕이젓, 전어젓, 갈치속젓, 조개젓, 오징어젓 같은 젓갈도 아무 때나 났다.

채소전도 컸다. 고을이 시가지 외에는 산골이어서 채소전이 나물전으로 비칠 때도 있었지만 김치가 반양식이었던 시절엔 장터의 절반이 채소전으로 보이기도 하였다.

그런가 하면 가뭇없이˚ 사라진 전도 하나 둘이 아니었다. 장바닥 한가운데에 있었던 나무전이 사라지고, 나무전 옆에 섰던 떡전이 사라지고, 떡전 옆의 잡살전과 초물전˚도 사라졌다. 잡살전에는 열무 같은 푸성귀 씨앗부터 도라지·더덕·황기·결명자 등 약초 씨앗까지 여러 씨앗을 소주잔으로 되어 파는 씨앗장수와 물감장수가 모이고, 특히 놋그릇과 방짜˚ 놋대야를 비롯하여 징이며 꽹과리를 곁들여서 파는 바리전(놋갓전, 유기전鍮器廛)과 붙어 있었다. 풍각쟁이˚도 없이 가끔 징 소리나 꽹과리 소리가 들렸던 것도 이 바리전의 풍물을 이 사람 저 사람이 시험 삼아서 두들겨 봤기 때문이었다.

바리전 옆에는 초물전이 섰다. 솔뿌리를 캐어 맨 솔부터 갈퀴·도리깨·삿자리˚·홍두깨·절굿공이·다듬잇방망이 따위를 늘어놓고 임자를 부르던 곳이었다. 그 옆에는 올벼˚를 잡아 훑는 홀태˚와 낫이며 호미며 톱을 팔고, 때로는 톱날을 쓸어 주기도 하는 철물전도 섰다. 하지만 언제부턴가는 초물전이 서지 않았고, 초물전에만 있던 물건도 상설 시장에다 전방을 차린 철물전에서 팔았다.

장터에는 있다가 없어진 것만 있는 것도 아니었다. 과수원용의 유실수와 관상수의 묘목 내지 화분과 분재를 파는 묘목전은 보릿고개 세대에게 낯선 풍경이었고, 거리에 각종 기성복을 내건 노천 넝마전은 IMF와 함께 우후죽순처럼 쏟아져 나온 창업 열풍의 소산이었다. 하지만 묘목전이나 넝마전이 아무리 잘된다고 해도 사라진 지 오래인 나무전, 초물전, 잡살전, 바리전이 설 때와 같은 전통적인 장 노릇은 어쩌면 시늉도 하기가 쉽지 않을 것이다. 우선 많은 것이 아예 없어지거나 줄어들어서 통 찾아볼 수가 없는 것들만 꼽더라도 수두룩하다.

예전에는 장으로 가는 길목에, 장꾼들이 장에 오는 길에 물건을 맡겼다가 집에 가는 길에 찾아가는 대장간과 염색소와 솜틀집이 있었고, 골목의 초입에는 고무신이나 구두를 꿰매는 신기료장수와, 굽을 새로 갈거나 창을 새로 받는 굽갈이장수와 창갈이장수가 진을 치고 있게 마련이었다. 그리고 초물전이나 잡살전 주변에는 없는 사람들이 찾는 짚신장수와 게다^{왜나막신}장수들이 있었고, 살림꾼들이 자주 찾아오는 상장수, 체장수, 키장수가 있었고, 구멍 난 무쇠 솥과 양은솥을 때우는 땜쟁이가 있었다. 성냥개비를 수북하게 쌓아 놓고 되로 되어 파는 되성냥장수도 있고, 엿장수가 엿목판의 엿을 떼어 팔 듯이 끌로 양잿물을 떼어 팔던 양잿물장수와, 시세를 듣고 보아 가며 이것저것 취급하던 듣보기장수도 있었다.

그리고 그들이 있었기에 장에서나 들을 수 있었던 장사꾼 용어들, 일테면 마수걸이°니 싼거리°니 떨이니 값을 야리게^{싸게} 후렸느니 높이 도두쳤으니° 푼돈을 가리켜서 쇠천° 한 푼이니 피천° 한 푼이니 했던 말들도 명맥을 유지할 수가 있었던 것이다.

그런 허름한 장수와 장꾼들이 사라지자 그들을 뜯어먹고 살았던 만병통치약의 풍각쟁이와, 각설이로 흥을 돋우었던 장타령꾼°과, 장타령꾼 탓에 더 눈치를 얻어먹었던 동냥아치와, 동냥아치보다도 천대를 받았던 야바위꾼°들도 어느덧 자취를 감추게 되었다.

사라진 용어 가운데에는 '놀금'이란 말도 있다. '놀금'은 서로 모순되는 두 가지 뜻으로 쓰인 말이기도 했다. 하나는 '물건을 팔 때 세상없어도 받아야 할 최저의 값'을 뜻하고, 다른 하나는 '물건을 살 때 안 팔면 말 셈으로 최대한 깎은 값'을 뜻하는 말이었다.

장에서 사라진 말은 장에서 사라진 사람들 때문에 사라진 말이었다. 원래 장터가 장이 아니면서도 장날만 되면 에멜무지로⁺ 구석구석에서 전을 벌이고 봤던 도붓장수를 비롯하여, 등에 지고 다녔던 등짐장수, 손에 들고 다녔던 봇짐장수, 대개가 고리짝에 하나 가득 담아이고 다니며 팔아서 '임고리장수'라고도 했던, 여자들이 단장하는 데 썼던 분과 크림·댕기·비녀·족집게·얼레빗·참빗·칫솔·치분·세숫비누·빨랫비누 따위를 가지고 다닌 방물장수, 가위·담배쌈지·라이터돌·색실·뜨개질바늘·끈목⁺ 같은 것들을 팔았던 항아장수가 사라지고, 뒤를 이어 엿이며 떡을 팔았던 목판장수도 사라졌다. 장날마다 장꾼들 앞에서 사뭇 큰소리를 냈던 장쾌組儈⁺·아쾌牙儈⁺·주릅·거간·중도위·어성꾼 등으로 불렸던 중개인들도 사라졌다. 그들이 받았던 중개료에 대한 주름 값, 구문口文, 구전口錢과 같은 묵은 말들도 듣기 어렵게 되었다. 뜻있고 품위 있는 상인을 여느 '장사치'와 가르기 위해 썼던 사상士商이니 신상紳商이니 하는 점잖은 말들도 역시 사라졌다. 새로 나오는 것이 있으면 슬며시 들어가는 것도 있는 데가 장이었다.

장에서 사라진 인물 가운데는 장날 장바닥에서 가장 권위적이었던 인물, 그리하여 '장바닥 권력자'라고도 할 수 있었던 인물이 있으니 '말감고'가 곧 그 인물이었다. 감고監考는 조선 시대에 궁가宮家나 관아에서 곡식을 되나 말로 되는 '마되질'과, 금이나 은 같은 재물의 무게를 저울로 다는 '마까질' 등 허드렛일이 본업이었던 사람을 대접하여 불러 준 명칭이지만, 장날 싸전에서 멍석을 펴놓고 말과 평미레*를 밑천으로 마되질을 하는 것이 본업이었던 말감고의 준말 역시 감고였다. 그러나 그가 떨친 위신이나 장꾼들에게 미친 영향은 궁가나 관아의 감고에 비해 훨씬 현실적이면서도 권위적인 것이었다.

말감고가 맡은 몫은 앞서 말한 대로 농가에서 장에 돈 사러 내온 쌀이나 잡곡을 자기의 멍석에 쏟아 놓고, 쌀이나 잡곡을 팔려는 사람에게 말이나 되로 마되질을 '요령껏' 해 준 다음, 그 '요령껏' 덕에 멍석에 떨어진 한 되 남짓한 쌀이나 잡곡을 '마되질해 준 삯'으로 챙기는 일이었다. 그렇게 쌀이나 잡곡 한 가마니를 살살 펴서 되고 나면 되는 솜씨에 따라 얼마간의 여분(대개 한 되 가량)을 여툴* 수 있게 되는데, 이를 '되사'라고 하여 말감고가 마되질해 준 수고비로 먹는 것이었다. 말감고의 수입은 그날 장의 싸전 경기에 따라서 마되질을 많이 할수록 늘게 마련이었다. 따라서 말감고는 팔 임자와 살 임자 사이에 들어서서 흥정을 하는 수단이 좋아야 했다. 따라서 덧두리*를 얹거나 에누리를 해 주는 데에도 '되사'를 많이 남기는 손속* 못지않게 말솜씨도 좋아야 했다. 물건 하나에 여러 사람이 붙어서 실랑이하는 '싸개질'과, 한 사람이 여러 물건을 도거리흥정*(모개흥정*)하는 것을 막기 위해서도 말감고의 말솜씨는 좋을수록 좋았던 것이다.

그러나 정작 말감고의 '장바닥 권력'은 말감고가 들고 흔든 되나 말에서 나온 것이 아니었다. 멍석이나 평미레에서 나온 것도 아니었다. 가는 막대기 기둥에 성긴 삼베나 깃광목 조각을 이어 붙인 꾀죄죄한 포장으로 '그늘대'를 치고 서서 생산자와 소비자를 이어 주는 말솜씨에서 온 것도 물론 아니었다. 말감고의 '현장 권위'는 그가 그날 장에서 부른 쌀금에서 나온 것이었다. 말감고의 곡식 흥정과 마되질이 사사로운 일이라면 그날 장의 쌀금을 부르는 일은 공적인 일이었다. 말감고도 먹고살아야 하는지라 사私를 버리고 공公을 위해 힘써 일하는 멸사봉공滅私奉公까지는 안 가더라도, 공적인 일을 먼저 하고 사사로운 일은 뒤로 돌리는 선공후사先公後私 정신 하나만큼은 투철하였다. 또 그것이 그들 스스로 공신력과 권위를 살리는 바탕이었다.

말감고는 장날의 쌀금, 즉 미곡 시장의 장시세를 부르는 유일한 인물이었다. 지게에 멍석과 마되와 평미레와 그늘대 채비를 지고 장에 나와 싸전에 전을 벌이는 말감고는 물론 한두 명이 아니었다. 그러나 쌀금을 부를 때는 연조 깊은 말감고의 우두머리가 그 나름으로 지난 장의 장금과 이웃 장의 장금, 그리고 장에 나온 출하량을 참고하여 부르는데, 그것이 곧 그날 장의 쌀금이 되었던 것이다. 말감고가 '부른 금'은 말 그대로 호가呼價를 한 것이므로 '놓은 금'과는 다르다. 놓은 금정가(定價)은 출하량과 소비량의 많고 적음에 따라 아침나절 장과 저녁나절 장이 다를 수도 있다. 그러나 오르고 내리는 폭의 근거는 항상 말감고가 부른 금에 있게 마련이다. 그러므로 말감고가 부른 금은 장바닥에 띄워 놓은 '띄운 금'이다. 띄운 금은 '뜬금'이다. 다시 말하면 어떤 쌀 시장도 일단 띄운 금, 즉 뜬금이 있어야 그 뜬금에 의지하여 '놓은 금'이 성립하며, 따라서 겉보리 한 말도 '뜬금없이' 거래되는 법은 없다는 것이다.

이 뜬금이 처음 알려질 때는 소리 나는 대로 적었기 때문에 '뜽금'이었다. 그러니까 마치 씻김굿이 처음 알려질 때 씻김굿을 언급한 진도 사람들의 말을 소리 나는 대로 옮겨 적는 바람에 시킴굿 — 씨김굿 — 씨킴굿 — 씨낌굿 — 씩낌굿 — 씩금굿 — 쒸금굿 — 쒸끔굿 등을 거쳐 지금의 씻김굿으로 정착했다는 것이다. 영남 지방의 어디선가는 쌀은 '살'로 발음하되 볶음밥은 '뽂끔밥'으로 적는 것도 본 적이 있다.

어감의 차이에 따라서 군이 쓰지 않아도 될 방언을 쓴 예가 많다. '지긋지긋하다'를 '징글징글하다'로, '싹수없다'를 '싸가지 없다'로 쓴 것이 그런 경우다. 그러나 한자 속의 벽자˚처럼 통용권이 협소하게 한정된 방언은 방언 중에서도 궁벽한 방언으로 여기고 쓰지 않았다. '싸가지 없다'와 같은 뜻의 '싹바가지 없다'나 '싹동배기 없다'가 그러한 예다.

통용권이 한 고을에 치우쳐 있다고 해도 쓰는 인구가 적지 않으면 궁벽한 방언이 아니다. 안동 지방의 '~시더' '~니더' '~니껴?' 등이 바로 그런 예이며, 이미 TV 드라마에서 사용되어 그다지 새퉁스럽지˚ 않은 강화 지방의 방언 '~시꺄?' 또한 마찬가지인 것이다.

한 지방에 한정된 방언이라고 해도 뜻이 좋고 발음이 좋으면 어떤 기회에 통용권이 전국적으로 확대되면서 이내 신분 상승을 하여 표준어와 같은 반열에 오른다. 예컨대 '난데없이'나 '느닷없이'와 같은 뜻으로 언젠가부터 함께 쓰이고 있는 '뜬금없이'가 바로 그렇다고 하겠다.

하도 플라스틱으로 된 바가지만 봐서 그런지 헛간의 말박, 뒤주 속의 됫박, 우물가의 물박, 장광장독대의 조롱박, 부뚜막의 종구라기 등 박을 타서 만든 바가지가 그리울 때가 있듯이, 어원이나 출처는 둘째로 하고 문득 예전에 썼던 말들이 그리울 때가 있다. 말하자면 상인들이 속이 안 찬 얼갈이배추와 달리 속이 찬 배추라고 하여 통배추로 부르는 배추의 원이름은 호배추이고, 쪽이 지고 잎이 가는 골파와 달리 잎이 크다 하여 대파로 부르는 파의 원이름은 호파였다. 감자는 북녘에서 먼저 심었다 하여 북감자, 하지 무렵에 캔다 하여 하지감자, 생김새가 말방울 같다 하여 마령서馬鈴薯, 고구마는 심으면 40일 만에 밑이 들어서 먹을 수 있다 하여 사십일감자, 강낭콩은 강남에서 건너왔기 때문에 '강남콩'이 아니라 강낭콩으로 일렀다지 않았던가.

나는 속절없이 신조어에 밀려나서 이젠 어느 구석에 박혀 있는지 모르게 된 쓰이지 않는 이름이나 촌스러운 방언에 대해 아련한 향수를 느낄 때가 있다. 부질없는 짓이다.

황해와 서해

얼마 전에 신문에서 짤막한 기사를 읽고 모처럼 감개가 무량함을 느꼈다. 감개가 깊었던 그 기사의 첫머리를 두어 줄 옮겨 보면 다음과 같다.

> 황해黃海 서쪽의 보하이渤海 해역이 중국 대륙에서 쏟아져 나오는 오수와 불법 폐기물 때문에 사해死海로 변하고 있다고 『베이징北京 청년보』가 국가 해양국 발표를 인용 보도하였다.(『동아일보』 1998. 6. 9)

우리나라의 난바다˚가 죽어 가고 있다는 소식인데 도대체 무엇이 감개가 무량했다는 소리인가. 내가 읽은 기사는 물론˚ 중국 『베이징 청년보』에 실린 기사를 우리말로 옮겨 실은 기사였다. 그리고 내가 금방 '물론' 이란 토를 단 것도 중국의 간행물이 아니면 '황해' 라는 바다 이름을 제대로 쓰지 않았을 뿐더러 우리나라의 신문들 같았으면 황해라는 본이름 대신 바다 이름도 아니고 영해領海 이름도 아닌 막연한 호칭, 즉 불특정 다수의 추상적인 호칭의 하나로 지구촌의 어디에나 있게 마련인 '서해'라는 호칭을 썼을 터이기 때문이었다.

황해Yellow Sea는 두말할 나위도 없이 우리나라에서 우리나라 바다 이름의 하나로 아주 오래전부터 썼던 이름이다. 따라서 우리나라 사람들이 황해라는 고유 명사를 쓰지 않고 동해 남해 등과 마찬가지로 한갓 방위 개념의 명칭에 불과할 뿐인 서해West Sea로 계속 부를 경우, 우리나라는 우리나라의 바다 황해를 '전쟁도 않고' 중국에다 내어 준 채 그냥 국토의 서쪽에 있는 바다라는 뜻으로서의 서해만 있는 꼴이 되고 마는 것이다.

다들 아는 바와 같이 황해는 해마다 오뉴월이 되면 중국의 황사가 하늘을 뒤덮듯이 중국의 황토물이 황허黃河를 이루면서 바다에 흘러 들어 바닷물을 누렇게 물들인다 하여 예부터 한중 간에 공동으로 써 온 이름이다. 나만 해도 어렸을 때부터 교과서에서 황해라고 배웠거니와 지금도 교과서나 국립지리원의 지도에서 쓰는 것은 황해이며, 국어사전들 역시도 '서해'는 '우리나라의 황해를 일컬음'이라고 못 박고 있는 터이다.

그런데도 우리나라 사람들은 거의가 황해라는 제 이름을 부르지 않고 있다. 여러 말 할 것 없이 서해는 '우리나라의 바다 이름이 아난' 것이다. 이를테면 사면이 바다로 국경을 이루고 있는 나라에는 서해 남해 동해와 북해가 있게 마련 아니겠는가. 지리적으로 북해가 있을 수 없는 중국에도 예전에는 북해가 있었다. 중국의 고전을 보면 중국의 북해는 오늘날 러시아에 속하는 바이칼 호Baikal湖였던 것이다. 일본 사람들이 독도를 놓고 가끔씩 딴소리를 하듯이 남의 나라 사람들은 없는 것도 있다고 우기는 데에 비해 우리나라 사람들은 있는 것도 없다고 하는 셈이라고 한다면 역시 딴소리에 불과한 것일까.

중국 창춘長春에서 열렸던 '두만강 하구 경제 개발 특구' 회의에서는 두만강이 흘러 들어가는 바다의 이름을 놓고 한국은 '동해', 북한은 '조선 동해', 러시아는 '소비에트 해'Soviet Sea, 일본은 '일본해'로 불렀다고 한다.(『조선일보』 1998. 4. 20)

그러면 언제부터 황해가 서해로 바뀐 것일까. 87년 대통령 선거에서 민정당이 '2000년대의 위대한 서해안 시대 개막'과 '서해안 고속도로 건설'을 선거 공약으로 외친 이후부터인가. 아니었다. 그 이전부터 서해로 불러 왔기 때문에 그런 공약이 나온 것이었다. 기상청의 일기예보가 늘 '서해 해상'으로 일러 온 이후부터인가. 일기예보는 중부 지방 남부 지방 하는 식의 그 흔한 '지역 정서'의 부재와 '곳에 따라 한때 비나 눈'처럼 허풍선이 허풍 떨 듯이 뜬구름 잡는 식의 예보를 관행으로 여겨 왔으니 그런 일기예보 탓만도 아닐 거였다.

행여 70년대 어간에 세가 나기 시작한 민족의식이니 민족 주체 의

식이니 하는 고담준론˚주의자들의 영향이나 아니었는지 모를 일이다. 황해가 중국의 황허를 연상시키고 또 중국에서 먼저 쓰기 시작하여 민족의 자존심이 상한다고 하는 사람들은 황해를 서해로 부르기 전에 먼저 해야 할 일이 있을 것 같다. 하필 바다 이름만 고칠 것이 아니라 땅 이름도 고쳐서, 황해 때문에 이름이 생긴 황해도도 서해도로 갈아야만 명분이 선다는 것이다. 해주와 옹진을 잇는 철도 이름인 황해선도 이왕이면 서해선으로 갈아야 그 또한 구색˚에 맞을 것이다.

황해도는 고려 시대에 관내도關內道 서해도西海道 풍해도豊海道 등 여러 이름을 얻었다가 조선 태종 17년1417년부터 황해도가 되어 580년 이상이나 굳게 지켜 온 이름이다. 그런데도 이 유구한 이름에 민족주의의 냄새가 적다는 이유로 이 바다, 저 바다, 그 바다 식의, 이름도 안 되고 성도 안 되는 호칭을 쓴다는 것은, 덕 볼 것도 없고 득 될 것도 없으면서 역사와 전통을 조작하고자 한다는 혐의에서 벗어나기가 수월치 않을 것이라고 생각한다.

그리고 동해와 남해도 이제는 이름을 짓는 것이 옳으며, 그렇게 하는 것이 진정한 민족주의이며 민족 주체 의식이라고 생각한다.

말의 성 차별

선거 식객*이나 그들의 곁다리에 대한 소홀한 호칭은 그래도 인신공격형의 여성 호칭에 비하면 오히려 우위에 있다고 할 수 있다. 가령 처나 첩을 두고 이르는 말만 봐도 이내 느낄 수 있는 것이 그것이다. 처나 첩은 처지야 어찌 되었건 인생에서 영원한 영가靈歌*라 할 수 있는 사랑 타령의 주인공임에 분명하다. 그래서 누구보다도 떳떳하고 당당하여 마땅한 신분이다. 그러나 남성은 물론* 같은 여성끼리도 인식이나 위상에서는 영 보잘것이 없다.

처에게는 본처, 정처, 본실, 정실, 적실과 같은 명칭이 있지만 '밑짝'이나 '밑계집' 내지 '큰마누라'를 번역한 명칭일 뿐이다. 시앗*에게 살림의 주도권을 빼앗기고 뒷방으로 물러난 본처를 놀림조로 이르는 '뒷방마누라'란 말도 있다.

첩에게도 점잖은 명칭을 주지 않은 것은 아니다. 별방, 별실, 외부,

외처, 측실(곁마누라), 소실(작은마누라) 등이 그런 편이다. 하지만 그 이전에 평민 출신인가 천민 출신인가부터 따져서 양첩과 천첩으로 나누어 차별을 하였다.

양첩은 가진 것이 넉넉한 사내의 굄사랑을 받아 호강을 하는 호강첩 소리를 듣기가 쉽다. 꽃같이 젊고 어여뻐서 화초첩이요, 노리개같이 데리고 논대서 노리개첩이라고도 한다지만, 늙은이의 가려운 등을 긁어 주는 젊은 첩이란 뜻의 등글개첩과 함께 천첩의 신분으로서는 넘볼 수가 없는 자리인 것이다. 천첩은 기생을 들여앉힌 기첩, 한창 기생 수업을 받고 있는 어린 기생의 머리를 얹어˚ 주고 첩을 삼은 동첩, 종으로 부리던 여자를 올려 앉힌 종첩 등이 있다.

여성은 신분의 높낮이를 가리지 않고 인신공격형의 명칭에서 자유롭지가 않았다. 그것은 남성들 탓만도 아니었다. 여성은 그들 나름대로 여성의 인체에 대해 자기 비하적인 형용을 서슴지 않았던 것이다. 특히 내남적 없이˚ 얼굴을 만지기에 시간을 아끼지 않으면서도 남의 얼굴이 달덩이같이 둥글넓적하면 채반상이라 하고, 얼굴이 우묵하면 주걱상이라 하고, 얼굴이 기름하면 '말상 질렀다'고 하고, 얼굴이 남자 얼굴처럼 생겼으면 '남상 질렀다'고 하고, 얼굴이 둥글고 크면 '두리두리하다'고 하고, 볼에 살이 올라 볼록하면 '밤볼이 졌다'고 했거니와 한결같이 좋게 말한 경우가 아니었던 것이다. 마주 봐도 위로 치켜뜨면 들창눈, 윗눈시울이 처졌으면 거적눈, 두 눈의 크기가 다르면 자웅눈이라 하고, 콧등이 잘록하면 안장코, 코끝이 들렸으면 들창코라고 했던 것도 마찬가지였다.

　사람의 생김새나 몸가짐에 대해서는 일반적으로 좋게 하는 말과 좋지 않게 하는 말의 경계가 뚜렷하지만, 남녀로 편을 가른 뒤에 보면 그렇지가 않은 경우도 많다. 가령 씀씀이가 후하고 크면 ‘손이 크다’고 하지만 이는 대개 남성용이며, 여성용은 약간 깎아내려 ‘손이 헤프다’고 하는 것이 보통이었다. 남자의 용모가 남자답기보다 곱살하고 조용해 보이면 ‘색시 같다’고 하고, 여자의 용모가 여자답기보다 거쿨지고˚ 떠들썩해 보이면 ‘사내 같다’고 하는 것도 성 차별이 전제된 말이었다.

　남자가 골이 나서 눈을 부라리면 ‘눈을 부릅뜬’ 것으로, 여자가 골이 나서 눈을 부라리면 ‘눈을 동그랗게 뜬’ 것으로 표현한 것 역시 마찬가지다. 이와 비슷한 예문은 한국 현대 작가의 일부 작품만 가지고도 그 속에서 얼마든지 가려낼 수가 있다. 다음은 약간의 그 예이다.

　남자가 잘생겼으면 ‘깎아 놓은 사람 같다’고 하고, 여자가 잘생겼으면 ‘그림 같다’고 한다.

　남자가 귀인처럼 고상해 보이면 ‘귀인성스럽다’거나 ‘귀골스럽다’ 또는 ‘관상이 좋다’고 하고, 여자가 그러하면 ‘복성스럽다’거나 ‘귀티가 난다’ 또는 ‘볼에 밥풀이 붙었다’고 한다.

풍채가 좋고 훤칠하면 남자는 '번듯하다'고 하거나 '허우대가 좋다'고 하고, 여자는 '반반하다'고 하거나 '늘씬하다'고 한다.

한창때라서 건강한 데다 하는 일마다 잘돼서 셈평*이 펴이면 남자는 '샘때 같다'고 하거나 '기름기가 흐른다'고 하고, 여자는 '꽃 같다'고 하거나 '부티가 난다'고 한다.

또 됨됨이가 야무지고 차분하며 틀림없는 사람이면, 남자는 '꼭하다'고 하고, 여자는 '똑하다'고 하는 것이 관례였다.

그러나 큰 선거철이건 작은 선거철이건 선거철만 되면 먹자판을 찾아 먹자골목을 헤매고 다니는 선거 식객이나 그들의 구색 친구들은, 언제 어디서나 번번이 팔아먹는 것이 보매겉으로 보기에 멀쩡한 신언서판身言書判* 이었고, 툭하면 덤으로 얹는 것이 어느 지방의 맹주盟主* 내지 인물론이었지만, 그것도 이제는 아직껏 세상이 바뀐 줄 모르는 구닥다리 식객의 밥값에 지나지 않을 뿐이었다.

식객과 밥값

큰 선거 때가 되자 전과 다름없이 이리 기웃 저리 기웃 하는 '선거 식
객'들의 허름한 몰골이 다시금 볼썽사나웠다. 식객이란 자고로 세력
가의 집에 얹히는 것이 곧 '몸 둘 곳을 안 것'이 된다. 그런 까닭에 허
룽거리는 변명이나 허름한 몰골이 안됐다고 하여 허릅숭이로 여겨
도 되는 위인이 아니다. 유세 부리는 집의 문객 노릇을 하려면 날마
다 안부를 여쭙고 문안을 잘 드려야 하듯이, 세력가의 식객 노릇을 하
려면 무엇보다도 밥값을 해야 한다. 그러나 밥값은 아무나 하는 것이
아니다. 식객으로서의 밥값이야말로 웬만한 사람이 아니면 할 수가
없다. 따라서 식객들의 행색이 누추한 것은 대개 먹은 마음을 쉬이 드
러내지 않으려는 위장 또는 분장한 탓이요 본색은 아니라는 것이다.
  그러므로 식객 가운데에는 별의별 위인이 다 있게 마련인데, 그 본
보기가 수천 명의 식객을 두었던 맹상군孟嘗君과 '계명구도'鷄鳴狗盜

의 어원이다. 하지만 제아무리 한다고 한 위장이나 분장도 스스로 허물 때가 있다. 밥값을 하다 보면 자기도 모르게 마각*이 드러나고 마는 경우다.

이번 큰 선거에서도 제멋에 지쳐 마각을 드러낸 식객은, 상습적인 경선 불복으로 탈당한 것, 전직 장관으로 후보 단일화 운운하며 탈당했다가 막상 후보 단일화가 되니까 곧장 적진에 가담한 것, 큰 기업을 가진 이가 출마차 창당을 하니 돈을 물 쓰듯이 쓸 줄 알고 얼른 탈당했다가 돈을 소금 쓰듯이 하자 오도 가도 못하고 엉거주춤하다가 약빠르게 복당*복당(復黨)의 말장난한 것들을 비롯하여 자못 여러 것인데, 그런 것들은 철새 정객이라기보다도 '선거 식객'이었다.

이 선거 식객 가운데에는 알고 보면 노름판에서 속임수를 쓰는 '타짜꾼'과 다름없는 '선거 도박꾼', 남의 비밀을 살펴서 다른 사람에게 넌지시 알려 주는 '발쇠꾼', 비밀리에 남의 사정을 살피고 조사하는 '염탐꾼', 이쪽저쪽 다니면서 이 말 저 말을 좋지 않게 전하여 이간질을 시키는 '말전주꾼'*, 경위 없는 흥정을 일삼는 '어성꾼', 일을 주선하고 치다꺼리하는 '거추꾼', 큰 일에 허드렛일을 도맡는 '잡색꾼', 손이 마를 틈이 없는 '드난꾼', 문 앞에 서서 손님을 끌어들이는 '여리꾼', 남의 몫을 뜯는 '개평꾼' 등 거의가 사회적으로 점잖은 대접을 받을 수 없는 것들이었다.

이 선거 식객들은 근본적으로 본전꾼*들이었다. 본전꾼은 동네의 마실방˙이나 사람이 꼬이는 곳이면 언제 가 보아도 늘 누구보다 먼저 와 있는 사람이나, 술을 베푸는 자리에서 도중에 가지 않고 한없이 눌어붙어 있는 이를 이르는 말이다. 본전꾼은 어디에서나 그리 환영을 받지 못한다. 가까이하기보다는 왕따를 시켰으면 하는 축이 우세하다. 하지만 왕따를 당하지는 않는다. 그런 것들은 그런 것들 나름으로 유유상종하여 일쑤 같은 것들끼리 모여 노니, 본전꾼도 친하지는 않되 널리 안면을 튼 '구색˙ 친구'가 있다는 것이다.

밥값을 하는 식객이라 하여 특별히 지체 있는 식객으로 여길 일도 아니다. 고사성어 '계명구도'에서 예를 보듯이, 맹상군에게 밥값을 한 식객 가운데 하나는 좀도둑이었고 다른 하나는 닭 울음소리의 성대모사꾼일 뿐이었다.

본전꾼의 구색 친구 역시 본전꾼 못지않은 홀대를 받는다. 그래서 그들을 일컫는 말에도 진중한 맛이 없다. 이를테면 전업專業 식객의 곁다리로, 오나가나 먹성이 좋아서 키가 너무 크고 몸집 또한 비대하여 아무짝에도 쓸모없는 사내를 '어간재비', 힘은 세지만 꾀와 담력이 없어서 용도가 마땅치 않은 사내를 '육장'肉將, 살만 찌고 힘을 못 쓰는 사내를 '물퉁이', 매사에 팔삭둥이처럼 신통치가 못한 사내를 '바사기', 무슨 일에나 좋고 나쁜 것이 없는 사내를 '물신선', 하는 짓마다 오죽잖은˙ 사내를 '무녀리'˙라고 이르며 한 수 접어주는 것이 그러한 예라고 할 수 있다.

심상과 상징

문학이 지닌 여러 요소 가운데서도 특히 시에서 차지하는 심상image 이나 상징symbol의 존재는 시의 됨됨이를 가늠하게 하는 데에 적지 않은 작용을 한다. 그러므로 감각적으로 인식하도록 자극하는 어떤 사물의 모양새나 사상과 관념의 본질을 암시하는 말은 앞뒤의 문맥이나 연상 작용을 거치면서 관습적인 해석으로 이해할 수 있다고 하더라도 이왕이면 사실적이면서 구체적일 필요가 있다. 그러므로 두견이와 소쩍새를 혼동한 작품은 대체로 독자 나름의 막연한 연상 작용과 관습적인 해석을 전제로 한 작품으로 여겨도 탈이 아닐 듯하다.

두견이와 소쩍새의 혼동을 교산蛟山 허균許筠은 이렇게 나무랐다.

여관방 흐린 등잔 심지를 돋우니
사신의 풍류가 싱겁기 중과 같네

창 너머 두견이 밤을 울어 지새니
산에 핀 꽃들은 몇 층으로 울는지

이 시를 한때는 절창絶唱이라고들 했다. 나는 관동에 자주 다녔는데 두견새인즉 소쩍새를 이르는 말이었다. 마침 중국 절강성 사람인 왕자작과 사천성 사람인 상나기가 함께 강릉에 왔기에 물어봤더니 그들도 두견새가 아니라고 하였다. 무릇 시인들은 흥에 따라서 말하게 되면 비록 그것이 아니라고 해도 시에다 이용하곤 한다. 그러므로 (누구는) "숲 사이로 고요히 원숭이 울음소리를 듣네" 했지만 우리나라엔 본디부터 원숭이가 없다. 또 (누구는) "대나무 둘러선 집마다 비취가 우네" 했으나 파랑새를 비취라고 한 거였고, (누구는) "자고새가 놀라서 해당화를 까부르네*" 했지만 그것도 까치를 자고새라고 이른 거였다. 그렇게 할 수가 없는데도 모두가 그렇게들 하고 있다.

그러나 중국 사람들의 글에 있는 심상 및 상징의 사물들은 교산이 지적한 바의 유種類가 아니었다. 그들은 아예 있지도 않고 있을 수도 없는 터무니없는 것을 상상하여 쓰거나 전설적인 것을 사실화하여 쓰는 것이 장기였다.

새만 하더라도 이를테면 붕새鵬鳥니 난새鸞鳥니 짐새鴆鳥니 봉황鳳凰이니 비익조比翼鳥니 하는 것이 그것이었다. 붕새는 날개의 길이가 3천 리라 날개를 한 번 치면 9만 리를 날아간다고 한다. 난새는 모양이 봉황과 비슷하되 깃은 오색이 빛나고 소리도 오음을 낸다고 한다. 짐새는 광동성에서 나는 독이 있는 새로, 뱀을 잡아먹고 사는 까닭에 독이 많아 둥지 근처에는 풀이 나지 않으며, 그 깃털이 닿은 음식물을 먹으면 사람이 죽는다고 한다. 비익조는 암수컷이 모두 눈과 날개가 하나씩밖에 없어서 짝을 짓지 않으면 날 수가 없는 새라고 한다. 봉황은 수컷을 봉, 암컷을 황이라고 하며, 몸통의 전반신은 기린을 후반신은 사슴을 닮고, 목은 뱀, 꼬리는 물고기, 등은 거북이, 턱은 제비, 부리는 닭을 닮았는데, 깃에는 공작처럼 오색 무늬가 있고, 소리는 오음에 맞고 우렁차다고 한다. 또 살기는 오동나무에서 살고 먹기는 대나무의 열매만을 먹고 산다고 한다.

　　그들이 창작한 상서로운 상상의 동물 가운데에는 기린麒麟과 해태獬豸와 용과 녹이 있고, 불로초라는 풀과 대춘大椿이라는 나무도 있다. 기린은 동물원에 가면 만나는 아프리카 출신의 그 키다리가 아니다. 기는 수컷, 린은 암컷으로 린의 몸은 사슴, 꼬리는 소, 발굽과 갈기는 말과 같고 빛깔은 오색인데, 뿔이 하나 있으나 끝에 살이 붙어 있어서 다른 짐승을 해치지 않아 인수仁獸라고도 한다. 백수의 영장이라 하여 걸출한 인물에 비유되니 뛰어난 젊은이를 기린아麒麟兒라고 하는 이유이다. 해태는 시비와 선악을 판단하는 동물로 몸은 사자와 비슷하나 머리에 외뿔이 달린 바다짐승으로서 특히 화재를 막는 힘이 있으므로, 광화문 앞에서 불꽃 모양의 관악산 봉우리를 쳐다보고 있듯이 늘 궁궐 밖에서 보이지 않게 소방서의 일을 대행하는 것이 임무라고 한다. 녹은 몸이 사슴, 꼬리는 소를 닮았고 이마에 외뿔이 있으며 빛깔이 오색으로 빛나는 역시 상서로운 동물 가운데 하나이다.

상상의 동물 중에서 최고의 대우를 받아 온 것은 용이다. 용은 인간의 경우 천자나 임금에 비유되었다. 왕의 얼굴을 용안, 왕이 앉는 의자를 용상, 의복을 용포라고 하는 이유이다. 춘분이 되면 하늘로 올라가고 추분이 되면 연못으로 들어간다고 하나 봤다는 이는 아무도 없다. 머리는 소, 얼굴은 말, 뿔은 사슴, 눈은 봉황, 수염은 왕새우, 혀는 여의주, 몸은 뱀, 비늘은 잉어, 다리는 호랑이, 발톱은 독수리, 꼬리는 사자를 닮은 것이 용이다. 이것은 물론 문학 작품 속의 심상이나 상징이 아니라 화가들의 심상과 상징으로 태어난 용의 모습이다.

중국의 문인들이 수명이 긴 나무의 상징으로 삼았던 대춘은 한 해의 봄이 8천 년, 한 해의 가을이 8천 년이며, 3만 5천 년이 사람의 1년이라고 한다. 2만 년 전이나 지금이나 별로 진화한 것이 없다 하여 가장 원시적인 나무로 꼽히는 은행나무쯤은 비교도 할 수 없이 장수목인 셈이다. '대춘지수' 大椿之壽라는 말이 사람의 장수를 축수하는 용어로 쓰이는 것도 그 때문이라고 한다.

불로초는 불사약을 이르는 말이다. 중국 사람들은 불사약을 상상하기 이전에 불사약을 먹어서 늙지도 죽지도 않는 장본인으로 신선이니 진인眞人이니를 지어내었고, 또 그에 앞서서 그들이 숨어 사는 동네를 지어내니 이른바 방호方壺니 대여岱輿니 원교員嶠니 엄자崦嵫니 요대瑤臺니 하는 인류가 미칠 수 없는 딴 세상의 궁궐이었다. 불로초가 있는 신산은 으레 동해 즉 중국의 서해 밖에 있는 봉래산蓬萊山 방장산方丈山 영주산瀛洲山과 같이 뭍인 듯 섬인 듯하게 지어낸 오리무중의 산이었다. 그리하여 혹자는 그것이 우리나라의 어딘가를 이르는 말이라 하여 짐짓 금강산을 봉래산으로, 지리산을 방장산으로, 한라산을 영주산으로 부르기도 했던 것은, 우리나라의 고전 문학에서 흔히 접해 왔던 바와 같다.

용재慵齋 성현成俔의 문집에 이런 이야기가 있다. 누가 어디를 가노라니 허연 늙은이 하나가 아이를 데리고 산길을 가는지라 그들과 동행을 하다가 함께 쉬게 되었다. 늙은이가 점심을 먹고 떠나자고 하매 아이는 점심 꾸러미를 풀어놓았다. 늙은이가 그에게 같이 먹자고 하여 보니 늙은이는 삶은 아기를 안고 앉아서 뜯어 먹는 것이 아닌가. 또 국그릇을 보니 올챙이가 우글대는 올챙이국이었다. 그는 하도 징그럽고 끔찍하여 저리 물러났다가 늙은이가 다 먹고 일어난 다음에야 삶은 아기는 산삼이었고, 올챙이국은 지초芝草를 넣어 끓인 국이었음을 깨달았다. 곧 말로만 듣던 신선을 만난 것이었다. 그는 그들의 뒤를 따라갔다. 그러나 아무리 달음질을 쳐서 뒤쫓아도 끝끝내 그들을 따라잡을 수가 없었다 운운.

그 늙은이는, 진나라의 시황제가 흉노족을 싫어하여 만리장성을 쌓고, 항우가 뒷날 불을 질러 석 달 동안이나 탄 아방궁을 짓고, 책을 모아 태우고(분서), 460여 명의 학자를 한 구덩이에다 생매장(갱유)을 하고, 그리고 죽은 지 2천 년이 훨씬 넘어 1975년 한 농부가 우물을 파다가 우연히 발견하여 병마용(兵馬俑)으로 일약 세계적인 문화유산으로 떠오른 동서 974미터, 남북 2,173미터짜리 자기 무덤을 여산 기슭에 파 놓고 나서, 기껏 쉰 살밖에 못 살 줄도 모른 채 불로초를 구하고자 도사 500명을 뽑아 파견했던 금강산 지리산 한라산 등 조선의 삼신산이나, 혹은 울릉도에 살던 조선 토박이 신선이었는지도 몰랐다.

　경예(瓊蕊)는 신선이 먹는 음식이며, 구하주(九霞酒)와 유하주(流霞酒)는 신선이 먹는 술의 이름이다. 신선은 날아다닌다고 한다. 또 곡식을 입에 대지 않으며 달고 쓰고 시고 짜고 매운 것을 피하되 오직 바람과 이슬만을 먹는다고 한다. 그런가 하면 신선 가운데서도 정작 불사약을 지니고 있다는 서왕모(西王母)는 중국의 쿤룬 산(崑崙山(玉山))에 산다고 한다. 짐(朕)이니 폐하(陛下)니 하는 황제의 전용어를 창작한 것으로도 유명한 시황제야말로 정말 등잔 밑이 어두웠던 어수룩한 황제였을 뿐 아니라, 신선하고도 거리가 멀어도 너무 멀게 죽어라 하고 신선놀음이나 하다가 말았던 셈이 아닌가.

　신선이 사는 곳은 어디인가.

왜 산에서 사느냐기에

그저 웃을 뿐.

복사꽃

물에 실려 떠내려가니

여기는

이 세상 아닌 것을.

問余何事棲碧山 笑而不答心自閒 桃花流水杳然去 別有天地非人間 (「山中問答」)

시선 이백李白*이 위와 같이 「산중문답」을 읊었던 동네가 바로 그 신선이 사는 동네가 아니었을까.

중국 사람들의 상상력은 이백이 「추포가」秋浦歌에서 "내 흰머리 삼천 장/ 내 시름도 이와 같도다"白髮三千丈 緣愁似箇長하고 읊은 것처럼 터무니없는 과장이 매력적이다. 1장은 약 3미터이니 무슨 머리카락이 9킬로미터나 된단 말인가.

그러나 그렇기에 시가 아니겠는가. 이렇듯 허황한 심상과 상징은 음풍영월*을 하기에 둘도 없이 좋은 제재가 아닐 수 없을 것이다. 또한 이렇듯 허황하고 과장된 심상과 상징이 사대事大* 문화로 건너와 우리나라의 한문 문학까지 음풍영월이 주류를 이루는 데에 절대적인 몫을 하게 되었을 터이다.

속담과 인생

여러 학자들의 학설을 한마디로 줄이면 말은 곧 인간이다. 박이문 시인이 정리한 바를 여기에 옮기면 인간은 "언어를 구사하는 한에서 동물로서의 인간에서 인간적인 인간으로 변신하고, 자연적 존재로서의 인간은 문화적 인간으로 탈바꿈한다"는 것이다. 인간의 기본적인 인간 노릇은 주어진 생로병사의 길을 가는 것이다. 따라서 말의 기본적인 말 노릇 역시 생기고 낡아지고 오염되고 소멸하는 길에서 벗어나지 못하는 것이라고 할 수 있다.

그러나 사람이 그렇듯이 말의 존재 또한 한결같은 것은 아니다. 말에도 다 근본이 있어서 표준어 순화어 전문 용어 등과 같이 사람들이 공을 들여 캐고 갈고 닦고 바로잡아서 제도적으로 가꾸어진 말이 있는가 하면, 현장에서 일하는 사람들 사이에서 저절로 생겨나 현장 나름의 질서에 얹히어 쓰이다가 제풀에 소멸하는 야생형의 거친 말 가운데 그 대표적인 말이 바로 속담이라고 할 수 있을 것이다.

속담은 제도권에서 해방된 말인 만큼 명이 덧없이 짧은 것도 있고 맥없이 긴 것도 있다. 뜻이나 쓰임새도 예나 이제나 부질없이 통 꼼짝을 않는 것이 있는 반면에 속절없이 늘 왔다 갔다 하는 것도 있다. 이를테면 '말만 잘하면 천 냥 빚도 가린다'는 말은 명이 썩 긴 편에 속한다. 그동안 5대 재벌이니 30대 기업이니 하고 국민은 다 자기네가 밥 먹여 온 것처럼 흰소리를 쳤던 이들이 막상 구조 조정을 하라 하니 비로소 빚 많은 순서가 대재벌 대기업의 순위였음을 밝히면서 뒤로 나자빠져, 국가로 하여금 국민의 혈세로 갚아 주도록 함으로써 말만 잘하면 천 냥 빚이 아니라 몇 십조 냥의 빚도 쉽게 가리는 것을 지금 한창 본보이고 있지 아니한가. 이는 '말 잘하고 징역 가랴'는 말과 함께 어제도 통하고 오늘도 통하고 내일도 통할 것이 틀림없는 장수 만세 속담인 것이다.

'남을 물에 넣으려면 제가 먼저 물에 들어가야 한다'는 속담을 생각하면서 경기 북부 지방의 물난리를 보면 명이 퍽 짧은 말이었음을 이내 실감할 수가 있다. 수많은 주민이 가진 것을 몽땅 물에 넣고 몸만 간신히 살아난 신세가 되었지만 자기를 뽑아 준 그 주민들을 물에 넣으려고 자치 단체장을 비롯하여 기초 의회 의원이나 광역 의회 의원들이 먼저 물에 들어갔다는 증거는 없었다. 어떤 이는 연천 문산 동두천 등의 지명에 내 천川 자가 들거나 물 수水 변이 들어간 글자가 들어 있듯이 본래가 물 고장이라서 해마다 물난리를 면치 못하는 모양이라고 했지만, 지명으로 말하면 늘 냇물을 굽어보게 마련인 고개와 언덕배기(峴, 原)의 고을 파주, 원주마저 장마에 꼭 물 천지를 이루고 마는 걸 보면 그것도 다 헛소리에 불과하다.

오히려 그 고장에서 내로라 해 왔던 자치 단체의 책임 있는 이들이 수방 대책이라면 혹 '손끝에 물도 안 튀긴다'는 말을 점잖게 지킨 것이 아닌가 싶을 따름이다. 그렇지 않다면 수백여 주민이 들고일어나 얼굴이라도 비쳐 보라고 시위를 해 쌓도 내전보살*처럼 모르쇠*로 버티면서 세월이 약이란 말만 되뇌고 있겠는가. 그러니 '비 온 뒤에 땅이 굳어진다'는 말도 명을 다한 지가 오래임을 아울러서 알 수 있다. 말인즉 풍파가 있은 후에 일이 더 단단해진다는 말이지만 그래서 해마다 연례행사로 맞는 물난리였더란 말인가. 수해 복구비나 수재 의연금을 가로채거나 떼어먹는 자들이 '죄는 지은 데로 가고 물은 곬*으로 흐른다'는 속담이 살아 있음을 보여 주지 못하는 한, '가뭄 끝은 있어도 장마 끝은 없다'는 속담마저 장마 끝은 공돈이 있다는 말로 바꾸고 이어서 비 온 뒤에 땅이 물러진다는 반증만 확인시킬 것이다.

'술 취한 사람 사촌 집 사 준다'는 속담이 있다. 세상에 술이라는 물건이 있는 동안에는 제아무리 고주망태가 되도록 취하더라도 속절없이 왔다 갔다 할 말은 아닌 듯하다. 나는 새도 떨어뜨린다던 검찰 고위 간부가 폭탄주 몇 잔에 사촌에게 집을 사 주기보다 자기가 먼저 큰집*에 들어간 사례를 보면 그렇다는 것이다. '혀 아래 도끼 들었다'는 속담도 있지만 '믿는 나무에 곰팡이이 핀다' 는 속담을 잊고 출입 기자들에게 '술이 사람을 먹는' 소리를 했다가 '아는 도끼에 발등 찍힌' 셈이 된 거였다.

시골에서는 막걸리를 빚어서 술집이나 말술을 시키는 집에 배달해 주는 양조장을 술도가라고 하지만 도시에서는 술이나 간장 도매상을 술도가니 장도가니 하는 것이 보통이다. 그런지라 아침부터 저녁까지 어수선하게 붐비기로 말하면 목 좋은 주막집쯤은 댈 것도 아닌 곳이 또한 이 도가都家이기도 하니 진작에 '눈치가 빠르기는 도갓집 강아지' 라는 속담이 나와서 널리 돌아다녔을 것은 누가 보더라도 당연한 일이었을 것이다. 하지만 눈치가 빠르기는 도갓집 강아지에 못지않은 것이 주막집 강아지였다. 따라서 어디가 어떻더라도 여간해서 '불탄 강아지 않는 소리' 는 하지 않았다. 골목 강아지가 들으면 깔보는 탓에 자칫하면 사람들에게 '사나운 개 콧등 아물 틈이 없다'는 싫은 소리나 듣기가 십상이기 때문이었다.

그런데도 이 나라에서 제일 높은 자리에 앉았다가 일어난 사람들이 눈치도 없이 강아지 논쟁을 벌여 웃음을 산 적이 있다. '되면 더 되고 싶다'지만 더 되고 싶은 것이 있어서가 아니라 '술 덤벙 물 덤벙'으로 실없이 '남 떡 먹는데 팥고물 떨어지는 걱정을 한' 것이 시비가 됐던 것이다.

떡을 만지다 보면 손에 고물이 묻게 마련이라는 진리 중의 진리를 설파한 이가 있으니 세상에 무서운 것이라곤 오로지 대통령 하나밖에 없었던 전직 중앙정보부장이었다. 높은 자리에 있을 때 부지런히 챙긴 것이 떡고물이었다는 말이 나돌자 갑자기 오른 것이 떡값이었다. 고물 값도 덩달아서 올랐다. '떡 다 건지는 며느리 없다'고 했듯이, 서울시의 어느 6급짜리 공무원이 백억 원대의 재산을 쌓게 된 것도 고물 값이 그만큼 높았던 덕이었다. 속담에 '먹은 죄는 없다'고 했지만 '떡도 먹어 본 사람이 먹는다' 말이 맞는 말이고 보면 먹은 죄가 없는 것도 아니었다. 그러나 그의 경우에는 먹어서 죄가 아니라 먹기가 '누워서 떡 먹기' 라고 혼자서 너무 오래 걸터듬어 먹다가 들킨 것이 죄로 간 꼴이었다. '사람 팔자 시간문제'라고도 하고 '사람 한평생이 물레바퀴 돌 듯 한다'고도 한다. 이런 속담들은 명도 길고 뜻도 변하지 않아야 속담이 속담 노릇을 제대로 한다고 할 수 있을 것이다.

옛날의 인물평

월단평月旦評은 인물에 대한 비평을 이르는 말이다. 인물을 비평하더라도 가령 '텁석부리 사람 된 데 없다'는 식의 모개흥정˚이 아니라 뚜렷한 근거를 들어서 하는 적절한 비평을 이르는 말이다.

이를테면 '떴다 보아라 안창남이요 굽어보니 엄복동이라'고 한 경우, 안창남安昌南은 일본에서 비행 학교를 다닌 뒤 고국 방문 비행을 하고 그 후 중국으로 망명하여 비행 사고로 죽은 우리나라 최초의 비행사였고, 엄복동嚴福童은 1913년 경성일보사와 매일신문사가 공동으로 연 '전 조선 자전거 경기 대회'에서 일본 선수를 이기고 우승한 자전거 경주의 명수였다.

그 밖에 '엄천득이 가게 벌이듯'이란 월단평은 엄천득嚴千得이가 가겟방에 물건을 아무렇게나 늘어놓고 어수선하게 장사하였다고 하여 흉을 보는 말이요, '천득봉이냐 물색 좋아하게'란 월단평은 천득

봉干得風이가 장안에서 제일가는 염색 기술자라는 말이며, '금 잘 치는 서순동이'라는 월단평은 금은 곧 값을 뜻하므로, 장사꾼들 가운데 계산이 정확하기는 서순동徐順同이를 따를 자가 없으리라는 이야기이고, '철록에미냐 용귀똘이냐'고 한 말은 여자들 가운데서는 철록哲祿의 어머니가, 남자들 가운데서는 용귀돌龍貴乭이란 자가 골초 중에서도 상골초라는 월단평인 것이다.

그러나 이런 월단평은 당사자의 이름이라도 들먹였으니 그래도 벼슬아치들을 질타하는 '사모 쓴 도둑'이나, 예의가 깍듯한 이를 비아냥거리는 '예조禮曹 담모퉁이', 입이 걸고 수다스러운 아녀자를 욕하는 '사복시司僕寺 개천' 같이 직업적인 신분을 싸잡아서 홀닦는 비평에 비해 정도가 있고 점잖은 편이라고 할 수 있다.

중국 후한 말기에 장각이란 자가 태평도라는 신흥 종교를 세워 혹세무민을 하니 때가 난세인지라 중생이 구름같이 모여들었다. 이에 장각이 마음을 바꿔 신도들로 하여금 창칼을 들게 하니 이른바 황건적의 난이었다. 한편 하남성의 여남 땅에 허소許劭라는 명사가 살면서 종형인 허정許靖과 더불어 매월 초하루(月旦)마다 마주 앉아 고을 사람들의 인물평을 하였는데, 그 평이 아주 정확하여 '여남의 월단평'이란 명성을 얻으면서 인물평의 대명사가 되었다.

그 무렵 조조가 그 소문을 듣고 허씨네를 찾아가 자기의 인물평을 부탁하였다. 허씨는 조조의 위인이 워낙 난폭하므로 주저하였으나 거듭 부탁을 하자 "그대는 태평 시대엔 유능한 정치가지만 난세에는 간웅奸雄이라 할 만한 인물이오" 하였다. 조조는 크게 기뻐하면서 황건적을 토벌하는 데에 가담하였고 그로부터 『삼국지』의 발판을 마련하게 되었다.

월단평에는 시쳇말로 '지역감정적'인 비평이 무엇보다도 많다. 서울 사람이나 경기도 사람이나 이북 사람들의 약삭빠른 것을 얕잡아서 하는 '경아리' '경기까투리' '이북내기' 등이나 '섬것'(섬사람) '물편것'(해변 사람) '시골뜨기' '시골고라니'(시골 사람) '두멧놈'(두멧사람) 등은 전국적이라는 희석 요소로 인하여 차라리 나은 편에 속한다. 그러나 관 뚜껑을 덮기 전에는 하기가 어려운 것이 월단평인데도 짐짓 한술 더 떠서 특정 지역까지 걸고넘어지는 말이 수두룩한 것은 무슨 까닭일까. 아는 대로 주워섬겨 보면 다음과 같다.

충주忠州 겨른고비: 충주에 제사 때마다 지방*을 불사르는 종이가 아까워 지방을 기름에 결어서* 말려 두었다가 매년 다시 쓰는 사람이 살았다는 데서 나온 말. 고비考妣는 죽은 아버지와 어머니.(자린고비는 방언)

광주廣州 생원 첫 서울: 어릿어릿하여 정신을 못 차리는 사람을 조롱하여 하는 말.

컴컴하고 욕심 많기는 회덕懷德 선생: 외모에 비해 속이 의뭉한* 사람.

남양南陽 원님 굴회 마시듯: 남양 군수가 굴회를 먹듯, 순식간에 음식을 먹어 치우는 사람을 조롱하여 하는 말.

넉살 좋은 강화江華 년: 강화도 여자를 얕잡아서 하는 말.

담양潭陽 갈 놈: 남을 욕하거나 무시하는 사람을 얕잡아서 하는 말.

밀양密陽 놈 쌈하듯: 오래 끄는 싸움을 조롱하여 하는 말.(임진왜란 이후에 나온 말)

살갑기는 평양平壤 나막신: 보기보다 많이 먹는 이를 조롱하여 하는 말.

떠들기는 천안天安 삼거리: 시끄럽게 떠드는 사람을 조롱하여 하는 말.

부안扶安댁 가라말: 풍채는 그럴듯하나 어딘지 모자란 듯한 사람을 얕잡아서 하는 말.

봉산鳳山 참배는 물이나 있지: 흠이 없는 사람을 조롱하여 하는 말.

좋은 노래도 장 들으면 싫다는 말이 있다. 좋은 말도 세 번 하면 싫다는 말과 같은 속담이다. 자칫하면 신종 속담이 될 뻔했으나 해당 지역의 주민들이 몹시 듣기 싫어하여 지금은 쓰고 있지 않은 '잘 가다가 삼천포로 빠진다' 와 같은 지역감정적인 월단평은, 해당 지역 주민들의 좋고 싫고와 상관없이 언어 유통의 조건이나 생활환경, 혹은 문물의 변천에 따라 시나브로° 용도 폐기가 되는 한시적인 것들도 적지 않았다. 예컨대 국토의 분단이나 사회의 산업화가 언어 유통의 한계를 마련해 준 셈이다. 그 보기를 들어 보면 다음과 같다.

봉산 수숫대 같다: 황해도 봉산 고을의 수수는 다른 곳의 수수보다 키가 컸다는 데에서, 바지랑대'처럼 키가 큰 사람을 조롱하여 하던 말이었다. 그러나 오늘날의 봉산 수숫대도 여전히 키가 크리라는 보장은 없다. 엊그제 보름 동안 북한을 두루 다녀온 문인을 만나서 들어보니 옥수수는 주민들의 주곡이기도 한데, 협동농장의 옥수숫대의 키는 겨우 자기의 무릎에나 찰 정도로 보잘것이 없더라는 거였다. 주곡인 옥수숫대가 그렇거늘 하물며 수숫대의 키일 것인가.

정주 납청장이가 되었다: 평안북도 정주 고을의 납청장納淸場에서 파는 장터 국수는 반죽을 잘 쳐서 뽑는 까닭에 국수 가락이 쫄깃거렸다는 데에서, 되게 얻어맞거나 잔뜩 눌려서 납작해진 사람이나 물건을 조롱하여 하던 말. 낮에는 '승냥이 같은 원쑤놈들' 어쩌고 하며 이를 갈고, 밤에는 동정을 구하여 밀가루 자루나 동냥해다가 목구멍 풀칠을 하고 있는 형편이니, 반죽을 잘 치고 자시고 할 경황인들 있을 것인가. 다 옛날이야기일 따름이다.

의주 파발도 똥 눌 때가 있다(의주 파천播遷에도 곱똥은 누고 간다): 의주는 평안북도의 서쪽 끝머리에서 압록강 가에 붙어 있는 고을이고, 파발은 조선 시대에 급한 공문을 보내기 위해 설치한 역참이며, 파천은 임금이 서울을 버리고 다른 곳으로 피란하는 것을 이르는 말이니, 앞엣것은 파발 중에서도 의주의 파발이 가장 바빴던 데에서, 뒤엣것은 임진왜란 때 선조가 부랴부랴 의주로 피란을 한 데에서, 아무리 급한 일이 있어도 그보다 먼저 해야 할 일은 먼저 해야 한다는 말.

의주를 가려면서 신날*도 아니 꼬았다: 의주는 먼 곳이라 짚신을 몇 죽* 지고 떠나야 할 터에 짚신을 삼을 신날도 아직 꼬지 않았다는 데에서, 무슨 일에 준비가 없는 사람을 조롱하여 하던 말. 하지만 지금은 달러만 넉넉하게 준비하면 누구라도 갈 수가 있다고 한다. 외화벌이의 하나로 1인당 1만 달러만 옜수 하면 '날래 오기요' 하고 환영한다는 것이다.

송도 계원: 송도는 고려의 도읍이었던 개성의 옛 이름으로, 개성 사람들은 고려를 뒤엎은 조선에 굽히지 않고 비록 장사꾼으로 나섰을망정 고려 유민으로서의 자존심이 강하고, 얼마짜리 계가 됐건 곗돈을 제날짜에 꼬박꼬박 잘 내어 계가 깨어진 일이 없을 만큼 단결력도 또한 유별났다고 한다. 또 놀고먹는 사람은 축에도 못 들게끔 멸시하였다. 그래서 되는 대로 먹고산다 하여 늘 하찮게 여겼던 한명회가 뒷날 수양대군을 도와 부귀영화를 누리자 여간 후회하지 않았다고 한다. 그로부터 앞을 내다보지 못한 사람을 조롱하여 하던 말이 되었다.

송도 외장수: 오이 값이 한양이 나은가 의주가 나은가 하고 우왕좌왕하다가 오이를 몽땅 썩힌 데에서, 줏대 없이 이리저리 왔다 갔다 하는 사람을 조롱하여 하던 말.

송도 말년에 불가사리라: 어떻게 해 볼 수가 없도록 못된 짓만 골라 가면서 하고 다니는 개차반이나 개망나니를 조롱하여 하던 말.

송도 부담짝: 부담짝은 물건을 담아 말에 싣고 다니는 궤짝이나 고리짝을 이르는 말이니, 송도 상인이라면 부담짝을 연상시켰던 데에서, 남모를 물건으로 불룩한 짐을 들고 다니는 사람을 조롱하여 하던 말.

산업화와 함께 유효 기간이 다한 월단평의 예는 대개 다음과 같다.

은진은 강경으로 꾸려 간다: 은진은 은진미륵*으로 유명한 곳이지만 경제력이 강한 강경 사람들의 덕을 봐 왔다는 데에서, 남의 덕에 사는 사람을 조롱하여 하던 말. 그러나 지금은 시장권이 논산으로 넘어가서 그렇지도 않다고 한다.

이제 보니 수원 나그네: 수원은 충청 전라 경상도 사람들이 서울 출입을 하려면 으레 거치게 마련인 삼남 지방의 길목이라 예전부터 나그네가 많았다는 데에서, 저만치 오고 있는 사람을 짐짓 모르는 체하려는 참에 벌써 눈치를 채고 저편에서 먼저 "나를 모르시겠소?" 하고 알은체를 하여, 할 수 없이 처음 보는 사람인 척하고 대하는 사람을 조롱하여 하던 말.

서울은 예전에도 만호 장안이라고 일러 왔다. 사람이 끓는다는 뜻이었다. 서울 사람들에 대한 월단평인들 오죽이나 푸짐하고 걸었겠는가. '서울 놈 못난 것은 고창_{高敞} 놈 ×만도 못하다'를 비롯하여 여러 말이 있다.

서울은 나라의 얼굴이다. 나라의 문물을 가로세로로 엮어 경천위지(經天緯地)를 하면서 역사의 수레바퀴까지 거머쥔 굴대(軸)이기도 한 까닭이다.

그래서 이름 외에 별명이 많았다. 아니 사실은 별명이 많았던 것이 아니라 별명처럼 쓰인 말이 많았던 셈이다. 이를테면 한양(漢陽)이나 한성(漢城)은 별명에 들겠지만, 그 밖에 일컫는 경사(京師) 경도(京都) 경조(京兆) 경성(京城) 경부(京府) 경락(京洛) 경읍(京邑) 왕도(王都) 왕성(王城) 황성(皇城) 수도(首都) 수부(首府) 수선(首善) 장안(長安) 봉성(鳳城) 중앙(中央) 따위는 저마다 그때그때의 기분에 따라서 일렀거나 중국의 예를 본뜬 것이었다.

말이 많은 것은 사람이 그만큼 많은 곳이라는 뜻이기도 할 것이다. 사람이 많이 살아서 많이 낳고 많이 죽고, 많이 드나드는 통에 수시로 늘고 수시로 줄고 하는 도회이니, 말이 많을 것은 구태여 따져 보지 않더라도 짐작이 가는 일이다. 94년 말의 경우 서울시에 새로 등록을 하고 첫 바퀴를 굴린 승용차는 하루에 약 700대로, 이를 한 줄로 늘어세우면 광화문에서 동대문까지 꽉 차는 양이라고 한다. 하루 평균 서울에서 태어나는 아이는 한 500여 명, 어림으로 말해서 한 사람이 한 대꼴로 차를 몰고 다닌 폭이었다. 서울에서 앓고 늙어 세상을 뜨는 사람은 하루 평균 100여 명, 하루 평균 폐차장으로 가는 차가 약 100여 대, 그 많은 차가 1천만이 벌이는 북새통을 비집고 굴러다닐 수 있는 비결도 그럭저럭 짐작이 가는 일이다.

사람이 많으니 예부터 월단평이 갖가지로 있었던 것도 당연한 일이었다. 순서 없이 대강 늘어놓아 보면 다음과 같다.

남산골 재앙동이: 남산 기슭에 사는 벼슬 없는 샌님〔生員님〕이 부질없이 이웃의 상사람에게 공갈 협박으로 성가시게 구는 것을 얕잡아서 하던 말.

연못골〔蓮池洞〕 나막신 신기다: 연못골에서 만든 나막신은 인기가 높았던 데에 빗대어서, 매사에 남 좋은 일만 시키는 사람을 조롱하여 하던 말.

다방골〔茶洞〕 잠이냐: 부잣집이 많아 느긋하게 늦잠 자는 이가 적지 않았던 데에 빗대어서, 늦잠 자는 사람을 조롱하여 하던 말.

송파〔松坡〕 웃머리: 송파장은 쇠전〔소시장〕으로 이름났거니와, 소의 이빨을 보고 늙은 소는 웃머리, 어린 소는 송아지로 가름했던 데에 빗대어서 하던 말.

삼각산〔三角山〕 밑에서 짠물 먹는 놈: 인심 안 좋은 서울에서 자란 탓에 앙큼맞고 쌀쌀맞은 사람을 조롱하여 하던 말.

수구문〔水口門〕 차례: 수구문은 성안의 물이 밖으로 흘러 빠지도록 수구에 만든 문으로, 백성의 주검을 성 밖으로 내보낼 때는 성문을 통하지 않고 으레 수구문을 통해 내보냈던 데에 빗대어서, 늙고 병들어 죽을 때가 다 된 이를 조롱하여 하던 말. 또 여럿이 둘러앉아 술을 마실 때, 술잔이 늘 나이 많은 사람에게 먼저 가게 마련인 것을 우스갯소리로 하던 말.

달걀로 백운대白雲臺 치기: 맞서 보았자 도저히 이길 수가 없는 상대에게 무턱대고 대드는 이를 조롱하여 하던 말.(계란으로 바위 치기, 이란격석以卵擊石)

인왕산仁王山 모르는 호랑이가 있나: 조선의 호랑이는 꼭 이 산을 한 번 와 본다는 옛말에 빗대어서, 자기를 몰라보는 사람을 조롱하여 하던 말.

포도청 뒷문에서도 그렇게 싸지는 않겠다: 포도청은 조선 중기부터 범인을 잡았던 관청이니 지금의 경찰서 격인데, 잡혀가면 인정人情(지금의 떡값)을 써야 고생도 덜하고 면회도 쉽게 할 수 있었기에, 없이 사는 사람은 지녔던 물건이나 입은 옷을 벗어 헐값에 팔아 충당했던 데에 빗대어서, 도둑놈 물건처럼 싸구려로 흥정하는 사람을 조롱하여 하던 말.

경저리京邸吏 집에 똥 누러 갔다가 잡혀간다: 경저리는 경주인京主人과 경공인京貢人 등으로 불렀던, 고려와 조선 시대에 중앙과 지방 관청의 연락 사무를 맡아보던 지방 관속鄕吏인데, 그 직분을 악용하여 제 고향에서 온 사람들을 등쳐 먹는 것이 버릇이었던 데에 빗대어서, 서울에 와서 아는 사람을 믿었다가 낭패 본 사람을 조롱하여 하던 말.

계수번繼首番을 다녔나, 말을 잘하게: 계수번은 각 도의 감영에서 서울에 파견하여 중앙에 관계된 도의 일을 맡아보던 향리였으니, 그에 빗대어서 말만 번지르르하게 꾸며서 잘 둘러대는 사람을 조롱하여 하던 말.

서울 사람은 비만 오면 풍년이란다: 서울 사람들은 농사일에 대하여 통 모르는 것을 조롱하여 하던 말.

그러나 농사일은 깜깜해도 그들에게 종로에서 뺨 맞고 한강에서 눈 흘겼던 사람은 십중팔구 시골의 진짜 농사꾼이어서 '서울이 낭이라니까 삼십 리(과천)부터 긴다'는 속담도 나온 거였다. 서울은 예나 이제나 촌사람들이 살기에는 만만치가 않은 곳이었다.

용어 사전

가량하다 어림짐작으로 헤아리다.

가뭇 전혀 알아보거나 찾아볼 길이 없이 감감하게.

가뭇없다 보이던 것이 전연 보이지 않아 찾을 곳이 감감하다.

가외(加外) 일정한 기준이나 정도의 밖.

가읍(街邑) 거리와 마을.

가정 소설(家庭小說) 가정 내에서 일어날 수 있는 사건을 소재로 한 소설. 계모로 인한 갈등, 부부와 처첩(妻妾) 사이의 갈등 따위가 주요 소재가 된다. 『장화홍련전』, 『콩쥐팥쥐전』, 『사씨남정기』 따위가 여기에 속한다.

각론(各論) 논문이나 저술 따위에서, 하나의 주제 가운데 구체적인 낱낱의 문제를 떼어 자세히 논함. 또는 그런 낱낱의 학문 분야.

각인각설(各人各設) 사람마다 주장하는 의견이 각기 다름.

간사지 '간석지'(干潟地)의 잘못.

감동젓 푹 삭힌 곤쟁이젓.

감때사납다 사람이 억세고 사납다. 또는 사물이 험하고 거칠다.

값하다 보답하는 값어치가 있는 일을 하다.

개떡 노깨, 나깨, 보릿겨 따위를 반죽하여 아무렇게나 반대기를 지어 찐 떡. 노깨는 체로 쳐서 밀가루를 뇌고 남은 찌끼이고, 나깨는 메밀을 갈아 가루를 체에 쳐 내고 남은 속껍질이다.

객물(客-) 끼니때 이외에 마시는 물. 군물.

거쿨지다 몸집이 크고 말이나 하는 짓이 씩씩하다.

걸터듬다 무엇을 찾느라고 이것저것을 되는대로 마구 더듬다.

겨릅대 껍질을 벗긴 삼대.

겨리 소 두 마리가 끄는 쟁기.

겯다 기름 따위가 흠씬 배다. 또는 일이나 기술 따위가 익어서 몸에 배다.

곁다 때가 지나거나 기울어서 늦다.

경기비렁이 경기도 비렁뱅이. 입이 분수없이 높다는 뜻.

경위(涇渭) 사리의 옳고 그름이나 이러저러함에 대한 분별. 중국의 경수(涇水) 강물은 흐리고 위수(渭水) 강물은 맑아 뚜렷이 구별된다는 데에서 나온 말이다.

계명구도(鷄鳴狗盜) 닭 울음소리로 사람을 속이고 개처럼 잠입하여 물건을 훔치는 따위의 하찮은 일밖에 못하는 천한 사람. 중국 전국 시대의 제(齋)나라 공족(公族)이자 현인으로 알려진 맹상군(孟嘗君)은 천하의 험지로 알려진 함곡관(函谷關)에서 닭 울음소리 흉내를 잘 내는 식객의 재주로 무사히 탈출했다고 한다. 또 진(秦)나라의 소양왕(昭襄王)에게 붙잡히자, 왕의 총희에게 도움을 청하였더니 사례로 호백구를 요구해 왔다. 그러나 그것은 왕에게 이미 바쳐서 없었으므로 맹상군은 개처럼 훔치기를 잘하는 식객(食客)에게 이를 훔쳐 오게 해서 왕의 총희에게 가져가 바침으로써 어려움을 면하게 되었다 한다.

계제(階除) 사닥다리라는 뜻으로, 일이 되어 가는 순서나 절차를 비유적으로 이르거나, 어떤 일을 할 수 있게 된 형편이나 기회를 이르는 말.

고담준론(高談峻論) 뜻이 높고 바르며 엄숙하고 날카로운 말. 고담준언. 또는 아무 거리낌 없이 잘난 체하며 과장하여 떠벌이는 말.

고엽제(枯葉劑) 식물의 잎을 인위적으로 떨어뜨리는 약제를 통틀어 이르는 말.

곡필(曲筆) 사실을 바른 대로 쓰지 아니하고 왜곡하여 씀. 또는 그런 글. 무필(舞筆).

곬 한쪽으로 트여 나가는 방향이나 길.

공적(公敵) 국가나 사회 또는 공중(公衆)의 적.

교천언심(交淺言深) 사귄 지 얼마 되지 않은 사람에게 속마음을 터놓고 함부로 이야기하는 어리석음.

구름장 넓게 퍼진 두꺼운 구름 덩이.

구색(具色) 여러 가지 물건을 고루 갖춤. 또는 그런 모양새.

구순하다 서로 사귀거나 지내는 데 사이가 좋아 화목하다.

구황(救荒) 흉년 따위로 기근이 심할 때 가난한 사람들을 굶주림에서 벗어나도록 도움. 또는 그런 식물.

국고(國庫) 국가의 재정적 활동에 따른 현금의 수입과 지출을 담당하기 위해 한국은행에 설치한 예금 계정. 또는 그 예금.

귀꿈스럽다 어딘가 어울리지 아니하고 촌스럽다.

귀때병 병에 담긴 액체를 조금씩 따르기 좋게 따로 가느다란 부리를 낸 병.

그루갈이 한 해에 같은 땅에서 두 번 농사짓는 일. 또는 그렇게 지은 농사.

근기열읍(近畿列邑) 서울에서 가까운 여러 마을.

금계(金鷄) 꿩과의 새. 꿩과 비슷한데 수컷은 광택 있는 황금색 우관(羽冠)과 뒷목에는 누런 갈색, 어두운 녹색의 장식 깃이 있어 매우 아름답다. 암컷은 엷은 갈색 바탕에 검은 점이 있다. 번식이 쉽고 추위에 강하여 관상용으로 기른다.

기개(氣槪) 씩씩한 기상과 굳은 절개.

기근괴석(奇根怪石) 기이한 나무뿌리와 괴상하게 생긴 돌.

기우(杞憂) 앞일에 대해 쓸데없는 걱정을 함. 또는 그 걱정. 옛날 중국 기(杞)나라에 살던 한 사람이 '만일 하늘이 무너지면 어디로 피해야 좋을 것인가?' 하고 침식을 잊고 걱정하였다는 데서 유래한다. 군걱정.

기지촌(基地村) 외국군 기지 주변에 형성된 촌락.

기필(起筆) 붓을 들고 쓰기 시작함.

김동리(金東里) 1913~1995. 소설가·시인. 본명은 시종(始鍾). 박목월(朴木月), 김달진(金達鎭), 서정주(徐廷柱) 등과 교유하였다. 주요 저서로는 「무녀도」, 「역마」, 「황토기」, 「실존무」, 「사반의 십자가」, 「등신불」 등이 있다.

김수용(金洙容) 1929~ . 영화감독. 오영수 원작의 「갯마을」, 김승옥의 「무진기행」을 원작으로 한 〈안개〉, 차범석의 희곡을 영화로 만든 〈산불〉 등을 비롯해 김유정, 김동리 등 한국 소설가의 작품을 영화화하였다.

김유정(金裕貞) 1908~1937. 소설가. 작품에 「봄봄」, 「동백꽃」, 「따라지」 따위가 있다.

김주영(金周榮) 1939~ . 소설가. 『객주』, 『천둥소리』 등이 대표작이다.

깃다 논밭에 잡풀이 많이 나다.

까닭스럽다 '까다롭다'의 잘못.

까부르다 키를 위아래로 흔들어 곡식의 티나 검불 따위를 날려 버리다. 또는 키질하듯이 위아래로 흔들다.

깜냥 스스로 일을 헤아림. 또는 헤아릴 수 있는 능력.

꺼끔하다 좀 뜨음하다.

꼴망태 소나 말이 먹을 꼴을 베어 담는 도구. 주로 대나무나 칡덩굴로 만든다.

꾀송거리다 '꾀다'의 사투리.

끄적거리다 '끄적거리다' 의 잘못. '끄적거리다' 는 글씨나 그림 따위를 아무렇게나 쓰거나 그리다.

끈목 여러 올의 실로 짠 끈을 통틀어 이르는 말.

끌탕 속을 태우는 걱정.

ㄱ ㄴ ㄷ ㄹ ㅁ ㅂ ㅅ ㅇ ㅈ ㅊ ㅋ ㅌ ㅍ ㅎ

나비잠 갓난아이가 두 팔을 머리 위로 벌리고 자는 잠.

난달 길이 여러 갈래로 통한 곳.

난바다 육지에서 멀리 떨어진 넓은 바다. 외양(外洋), 외해(外海).

난형난제(難兄難弟) 누구를 형이라 하고 누구를 아우라 하기 어렵다는 뜻으로, 두 사물이 비슷하여 낫고 못함을 정하기 어려움을 이르는 말.

남 보매 남에게 보이는 모습, 남에게 보여 부끄러운 모습.

남효온(南孝溫) 1454~1495. 조선 중기 문신. 자는 백공(伯恭), 호는 추강(秋江)·행우(杏雨). 본관은 의령(宜寧). 생육신(生六臣)의 한 사람. 일생을 유랑하다가 서른아홉 살을 일기로 세상을 떠났다. 문집으로 『추강집』(秋江集), 『추강냉화』(秋江冷話) 등이 있다. 시호는 문정(文貞)이다.

내남적 없다→내남 없다 나와 다른 사람이나 모두 마찬가지이다.

내전보살(內殿菩薩) 내전에 앉은 보살이라는 뜻으로, 알면서도 모르는 체하고 가만히 있는 사람을 비유적으로 이르는 말.

노고지리 '종다리' 의 옛말.

노리개첩(－－－妾) 노리개처럼 데리고 노는 젊은 첩. 화처(花妻), 화초첩.

논배미 논두렁으로 둘러싸인 논의 하나하나의 구역.

농무적(農舞的) 신경림의 대표작인 「농무」에 나타난 삶을 빗대어 한 말. 참고로 농무의 전문은 다음과 같다. "징이 울린다 막이 내렸다/오동나무에 전등이 매어달린 가설 무대/구경꾼이 돌아가고 난 텅빈 운동장/우리는 분이 얼룩진 얼굴로/학교 앞 소줏집에 몰려 술을 마신다/답답하고 고달프게 사는 것이 원통하다/꽹

과리를 앞장세워 장거리로 나서면/따라붙어 악을 쓰는 건 쪼무래기들뿐/처녀애
들은 기름집 담벽에 붙어 서서/철없이 킬킬대는구나/보름달은 밝아 어떤 녀석
은/꺽정이처럼 울부짖고 또 어떤 녀석은/서림이처럼 해해대지만 이까짓/산구
석에 처박혀 발버둥친들 무엇하랴/비료값도 안나오는 농사 따위야/아예 여편네
에게나 맡겨 두고/쇠전을 거쳐 도수장 앞에 와 돌 때/우리는 점점 신명이 난다/
한 다리를 들고 날나리를 불거나/고갯짓을 하고 어깨를 흔들거나."

능라도(綾羅島) 평안남도 평양시 대동강에 있는 섬. 경치가 아름다워 예로부터 기
성 팔경(箕城八景)의 하나로 꼽는다.

늦되다 곡식이나 열매 따위가 제철보다 늦게 익다. 또는 나이보다 늦게 철이 들다.

ㄱ ㄴ **ㄷ** ㄹ ㅁ ㅂ ㅅ ㅇ ㅈ ㅊ ㅋ ㅌ ㅍ ㅎ

다라지다 여간한 일에 겁내지 아니할 만큼 사람됨이 야무지다.

다식판(茶食板) 다식을 박아 내는 틀. '다식'은 우리나라 고유 과자의 하나. 녹말·
송화·신감채·검은깨 따위의 가루를 꿀이나 조청에 반죽하여 다식판에 박아 만
들며, 흰색·노란색·검은색 따위의 여러 색깔로 구색을 맞춘다.

단청(丹靑) 옛날식 집의 벽, 기둥, 천장 따위에 장식한 여러 가지 빛깔의 그림이나
무늬. 또는 여러 가지 고운 빛깔.

닳리다→닳다 갈리거나 오래 쓰여서 어떤 물건이 낡아지거나, 그 물건의 길이·
두께·크기 따위가 줄어들다. 또는 액체 따위가 졸아들다.

대경실색(大驚失色) 몹시 놀라 얼굴빛이 하얗게 질림.

더그레 조선 시대에, 각 영문(營門)의 군사, 마상재(馬上才)꾼, 의금부의 나장(羅
將), 사간원의 갈도(喝道) 등이 입던 세 자락의 웃옷. 소속에 따라 옷 빛깔이 달
랐다.

덧두리 정해 놓은 액수 외에 얼마만큼 더 보탬. 또는 그렇게 하는 값.

도두치다 실제보다 많게 셈을 치다.

도거리흥정 어떤 물건을 한 사람이 몽땅 도맡아서 사려고 하는 흥정. 도흥정.

도르다 몫을 갈라 따로따로 나누다.

도리기 여러 사람이 나누어 낸 돈으로 음식을 장만하여 나누어 먹음. 또는 그런 일.

도생(倒生) 거꾸로 생겨남. 식물의 뿌리를 머리로 보고 가지를 손발로 보아 거꾸로 난다는 뜻으로, '초목' (草木)을 달리 이르는 말.

도처청산 골가매(到處靑山骨可埋) 온갖 곳이 다 청산이니 어디엔들 뼈를 묻지 못하겠는가.

독립특행(獨立特行) 다른 것에 예속하거나 의존하지 아니하고 자기의 길을 가거나 남보다 뛰어나게 행동함.

독선(獨善) 자기 혼자만이 옳다고 믿고 행동하는 일.

동명이물(同名異物) 이름은 같으나 서로 다른 물건.

동백하젓(冬白蝦-) 겨울에 잡히는 잔새우로 담근 젓.

두동지다 서로 모순되다. 일관되지 아니하다.

두루춘풍(--春風) 누구에게나 좋게 대하는 일. 또는 그런 사람을 비유적으로 이르는 말.

두멍 물을 많이 담아 두고 쓰는 큰 가마나 독.

뒤떠들다 와자하게 마구 떠들다.

득달(得達) 목적한 곳에 도달함. 또는 목적을 이룸.

들무새 남의 막일을 힘껏 도움. 또는 그런 사람.

등글개첩(---妾) 등의 가려운 곳을 긁어 주는 첩이라는 뜻으로, 늙은이가 데리고 사는 젊은 첩을 이르는 말.

딴전 어떤 일을 하는 데 그 일과는 전혀 관계없는 일이나 행동.

떠꺼머리 장가나 시집갈 나이가 넘은 총각이나 처녀가 땋아 늘인 머리.

떡살 떡을 눌러 갖가지 무늬를 찍어 내는 판. 또는 그것으로 찍어 나타나는 무늬.

뗏장 흙이 붙어 있는 상태로 뿌리째 떠낸 잔디의 조각.

뙈기 일정하게 경계를 지은 논밭의 구획을 세는 단위.

뚱딴지 국화과의 여러해살이풀. 땅속줄기가 감자 모양이다.

뜸베질 뿔로 물건을 받는 것.

마각(馬脚) 말의 다리. '마각을 드러내다'라는 관용 표현으로 주로 쓰이는데, 이 뜻은 말의 다리로 분장한 사람이 자기 모습을 드러낸다는 것으로, 숨기고 있던 일이나 정체를 드러냄을 이르는 말이다.

마당귀 마당의 한쪽 귀퉁이.

마수걸이 맨 처음으로 물건을 파는 일. 또는 거기서 얻은 소득.

마실방 마을꾼들이 모여드는 방. '마을꾼'은 이웃에 놀러 다니는 사람이다.

마을 이웃에 놀러 다니는 일.

마질 곡식을 말로 되는 일.

막종 마지막 종.

만시지탄(晚時之歎·晚時之嘆) 시기에 늦어 기회를 놓쳤음을 안타까워하는 탄식.

말비침 상대방이 알아챌 수 있도록 넌지시 말로 하는 암시.

말전주꾼 이 사람에게는 저 사람 말을, 저 사람에게는 이 사람 말을 좋지 않게 전하여 이간질하는 사람.

매장치기(每場--) 장날마다 장을 보러 다니는 일. 또는 그런 사람.

매흙 잿빛이며 끈기가 있고 보드라운 흙. 벽 거죽을 곱게 바르는 데 쓴다.

맹사성(孟思誠) 1360~1438. 고려 말 조선 초의 유명한 재상(宰相). 자는 자명(自明), 호는 고불(古佛). 본관은 신창(新昌). 온양(溫陽) 출생. 촌촌(梁村) 권근(權近)의 문인. 『팔도지리지』(八道地理志)를 찬진(撰進). 시가 작품으로 『강호사시가』(江湖四時歌)가 있다.

맹상군(孟嘗君) 중국 전국 시대의 제(齋)나라 공족(公族)이자 현인(賢人). 계명구도(鷄鳴狗盜)라는 고사를 낳았다.

맹주(盟主) 동맹을 맺은 개인이나 단체의 우두머리.

머리를 얹다 어린 기생이 정식으로 기생이 되어 머리를 쪽찌다. 관용 표현.

메꾸리 짚으로 둥글고 울이 깊게 결어 만든 그릇. 주로 곡식이나 채소 따위를 담는 데 쓴다.

메지다 밥이나 떡, 반죽 따위가 끈기가 적다. 대립어는 '차지다'이다.

면종복배(面從腹背) 겉으로는 복종하는 체하면서 내심으로는 배반함.

면찬(面讚) 맞대 놓고 칭찬하는 일.

『명사십리』(明沙十里) 조선 시대의 소설. 남녀의 기이한 인연과 사랑, 그리고 은혜를 갚는 것을 주제로 하는 윤리 소설로, 「보심록」을 개작한 작품이다. 작자와 연대는 알 수 없다.

명언장리(明言章理) 분명한 말과 밝은 도리.

명장(名匠) 기술이 뛰어나 이름난 장인.

모개흥정 죄다 한데 묶어 하는 흥정.

모르쇠 아는 것이나 모르는 것이나 다 모른다고 잡아떼는 것.

묘연하다(杳然—) 그윽하고 멀어서 눈에 아물아물하다. 또는 오래되어 기억이 흐리다.

무골호인(無骨好人) 줏대가 없이 두루뭉술하고 순하여 남의 비위를 다 맞추는 사람.

「무녀도」(巫女圖) 샤머니즘과 기독교와의 대립을 그린 김동리(金東里)의 단편 소설.

무녀리 본래 뜻은 '한 태에 낳은 여러 마리 새끼 가운데 가장 먼저 나온 새끼'를 말하며, 말이나 행동이 좀 모자란 듯한 사람을 비유적으로 이르는 말.

무람없다 예의를 지키지 않아 삼가고 조심하는 것이 없다.

무릇 백합과의 여러해살이풀. 밭과 들에 저절로 나는데, 구황 식물이다.

무명초(無名草) 이름이 없거나 알려지지 않은 풀.

무싯날(無時—) 정기적으로 장이 서는 곳에서, 장이 서지 않는 날.

무언거사(無言居士) 수양(修養)이 깊어 말이 없는 사람을 이르는 말. 또는 말주변이 없어 의사 표시를 잘 못하는 사람을 놀림조로 이르는 말.

무인지경(無人之境) 사람이라고는 전혀 없는 곳.

문조(文鳥) 참샛과의 새. 몸의 길이는 13~14cm이며 등은 푸른빛을 띤 회색, 배는 흰색이고 머리와 꼬리는 검은색, 부리와 발은 연한 홍색이다. 벼나 기타 농작물에 피해를 주기도 하는데 애완용으로 기르기도 한다.

물론(勿論) 말할 것도 없음.

물뭍 물과 뭍이라는 뜻으로, 바다와 육지를 아울러 이르는 말.

물화(物貨) 물품과 재화(財貨)를 아울러 이르는 말.

미두(米豆) 현물 없이 쌀을 팔고 사는 일. 실제 거래를 목적으로 하는 것이 아니고 쌀의 시세를 이용하여 약속으로만 거래하는 일종의 투기 행위.

민물 새우 끓어 넘는 토방 툇마루 신경림의 시 「목계장터」의 한 구절이다. '민물 새우 끓어 넘는 토방 툇마루'는 토방 툇마루 위에 민물 새우를 넣고 끓이는 찌개가 끓어 넘는다는 뜻이다. 참고로 목계장터 전문은 다음과 같다. "하늘은 날더러 구름이 되라 하고/땅은 날더러 바람이 되라 하네./청룡 흑룡 흩어져 비 개인 나루/잡초나 일깨우는 잔바람이 되라네./뱃길이라 서울 사흘 목계 나루에/아흐레 나흘 찾아 박가분 파는/가을볕도 서러운 방물장수 되라네./산은 날더러 들꽃이 되라 하고/강은 날더러 잔돌이 되라 하네./산서리 맵차거든 풀 속에 얼굴 묻고/물여울 모질거든 바위 뒤에 붙으라네./민물 새우 끓어 넘는 토방 툇마루/석삼년에 한 이레쯤 천치로 변해/짐 부리고 앉아 있는 떠돌이가 되라네./하늘은 날더러 바람이 되라 하고/산은 날더러 잔돌이 되라 하네."

민화(民畵) 실용을 목적으로 무명인이 그렸던 그림. 산수, 화조 따위의 정통 회화를 모방한 것으로 소박하고 파격적이며 익살스러운 것이 특징이다.

ㄱ ㄴ ㄷ ㄹ ㅁ **ㅂ** ㅅ ㅇ ㅈ ㅊ ㅋ ㅌ ㅍ ㅎ

바둥거리다 '바동거리다'의 잘못. 덩치가 작은 것이 매달리거나 자빠지거나 주저앉아서 팔다리를 내저으며 자꾸 움직이다.

바라기 음식을 담는 조그마한 사기그릇. 크기는 보시기만 한데 아가리는 훨씬 더 벌어졌다.

바지게 발채를 얹은 지게.

바지랑대 빨랫줄을 받치는 장대.

바탱이 중두리와 비슷하나 배가 더 나오고 키가 작으며 아가리가 좁은 오지그릇.

박범신(朴範信) 1946~ . 소설가. 『풀잎처럼 눕다』, 『불의 나라』, 『물의 나라』 등의 작품이 있다.

받자 남이 괴로움을 끼치거나 여러 가지 요구를 하여도 너그럽게 잘 받아 줌.

방짜 품질이 좋은 놋쇠를 녹여 부은 다음 다시 두드려 만든 그릇.

배냇짓 갓난아이가 자면서 웃거나 눈, 코, 입 따위를 쫑긋거리는 짓.

백차일 치듯 흰옷 입은 사람들이 매우 많이 모인 모양. 관용 표현.

번언쇄사(煩言瑣辭) 번거롭고 쓸데없는 말.

번하다 바라보는 눈매가 뚜렷하다. 어두운 가운데 밝은 빛이 비치어 조금 훤하다.

벋버듬하다 ①두 끝이 버드러져 나가 사이가 뜨다. ②말이나 행동이 좀 거만하다. ③사이가 틀려 버성기다.

벙거지 전립(戰笠). 조선 시대에 무관(武官)이 쓰던 모자의 하나. 또는 모자를 속 되게 표현한 말.

벽자(僻字) 흔히 쓰지 않는 야릇하고 까다로운 글자.

벽파풍창(壁破風窓) 깨진 벽과 뚫어진 창.

보(洑) 논에 물을 대기 위한 수리 시설의 하나. 둑을 쌓아 흐르는 냇물을 막고 그 물을 담아 두는 곳.

보리누름 보리가 누렇게 익는 철.

보시기 모양은 사발 같으나 높이가 낮고 크기가 작은 반찬 그릇.

보안법(保安法)→국가보안법(國家保安法) 국가의 안전보장을 위해 반국가 활동을 규제하여 제정한 법률.

복(伏)→삼복(三伏)

본전꾼(本錢-) 이웃에 놀러 가거나 사람들이 많이 모이는 자리에 언제 가도 언제 나 와 있는 사람.

볼탱이 '볼따구니', '볼'의 사투리.

부손 화로에 꽂아 두고 쓰는 작은 부삽. 모양이 숟가락 비슷하나 좀 더 크고 납작 하다.

부존자원(賦存資源) 경제적 목적에 이용할 수 있는 지각 안의 지질학적 자원.

부침(浮沈) 물 위에 떠올랐다 물속에 잠겼다 함. 비유하여 세력 따위가 성하고 쇠 함을 이르는 말.

부화뇌동(附和雷同) 줏대 없이 남의 의견에 따라 움직임.

붙저지 '붙접'의 잘못. '붙접'은 가까이하거나 아주 바싹 가까이 따라 기대는 일.

빚단련(-鍛鍊) 빚쟁이가 빚 갚기를 독촉하여 못 견디게 시달리는 것.

사대(事大) 약자가 강자를 섬긴다는 뜻. 조선 시대에 중국을 대국(大國)으로 여겨 중국에서 들어온 제도와 문화를 무조건 받든 풍조를 말한다.

사리(私利) 사사로운 이익.

사모(紗帽) 고려 말에서 조선 시대에 걸쳐 벼슬아치들이 관복을 입을 때 쓰던 모자. 검은 사(紗)로 만들었는데, 지금은 흔히 전통 혼례식에서 신랑이 쓴다.

사복시(司僕寺) 예전에, 궁중의 가마나 말에 관한 일을 맡아보던 관아.

사해물상(四海物象) 세상의 온갖 자연물들.

산수초축(山水艸蓄) 산과 물, 풀과 짐승. 즉 자연.

살강 그릇 따위를 얹어 놓기 위하여 부엌의 벽 중턱에 드린 선반.

살풍경(殺風景) 보잘것없이 메마르고 스산한 풍경.

삼동네 양옆과 앞에 이웃하여 있는 가까운 동네.

삼복(三伏) 초복, 중복, 말복을 통틀어 이르는 말. 여름철의 몹시 더운 기간.

삿자리 갈대를 엮어서 만든 자리.

상량문(上樑文) 상량식을 할 때 상량을 축복하는 글. '상량'은 기둥에 보를 얹고 그 위에 처마 도리와 중도리를 걸고 마지막으로 마룻대를 옮기는 일. 또는 마룻대.

상엿집(喪輿-) 상여와 그에 딸린 여러 도구를 넣어 두는 초막. 흔히 마을 옆이나 산 밑에 짓는다. 곳집.

상이군인(傷痍軍人) 전투나 군사상 공무 중에 몸을 다친 군인.

상진(尙震)· 1493~1564. 조선 중기의 문신. 자는 기부(起夫), 호는 송현(松峴)·범허재(泛虛齋)·향일당(嚮日堂), 시호는 성안(成安)이다. 1519년(중종 14) 별시문과(別試文科)에 급제, 사관(史官)이 되었다. 1544년 중종이 죽자 춘추관지사(春秋館知事)로『중종실록』(中宗實錄) 편찬에 참여했다. 15년 동안 재상으로 왕을 보좌하였으며, 조야의 신망이 두터웠다.

새물내 빨래하여 이제 막 입은 옷에서 나는 냄새를 말하나, 여기서는 새로 나온 물건의 냄새를 뜻한다.

새퉁스럽다 어처구니없이 새삼스러운 데가 있다.

생이 새뱅잇과의 민물 새우.

서슬 쇠붙이로 만든 연장이나 유리 조각 따위의 날카로운 부분. 비유하여 강하고 날카로운 기세를 말함.

성현(成俔) 1439~1504. 조선 전기의 명신, 학자. 자는 경숙(磬叔), 호는 용재(慵齋)·허백당(虛白堂), 시호는 문대(文戴).『용재총화』등 많은 저서가 있다.

세태염량(世態炎凉) 세력이 있을 때는 아첨하여 따르고 세력이 없어지면 푸대접하는 세상인심을 비유적으로 이르는 말.

셈평 이익을 따져 보는 생각. 셈. 또는 생활의 형편.

소래기 둘레가 조금 높고 굽이 없는 접시 모양으로 생긴 넓은 질그릇. 독의 뚜껑이나 그릇으로 쓴다.

손소희(孫素熙) 1917~1987. 소설가. 만주의『만선일보』(滿鮮日報) 기자로 있으면서 10여 편의 시를 발표, 작가 생활을 시작했다. 주요 작품으로 단편집『이라기』(梨羅記)·『별이 지는 밤에』, 장편『남풍』·『태양의 계곡』·『계절풍』·『에덴의 유역』 등이 있다.

손속 노름할 때에, 힘들이지 아니하여도 손대는 대로 잘 맞아 나오는 운수.

송기숙(宋基淑) 1935~. 소설가.『자랏골의 비가』,『암태도』 등의 작품이 있다.

쇠천 '소전'(小錢)을 낮게 이르는 말. '소전'은 중국 청나라 때 쓰던 동전으로 우리나라에서는 비공식적으로 사용하였다.

쇼부(勝負) しょうぶ. 흥정, 결판. 한자 '승부'의 일본어 발음.

수나롭다 무엇을 하는 데 어려움이 없이 순조롭다.

수집장이 수집을 전문적으로 하는 사람. '장이'는 전문적인 기술을 가진 사람을 가리키는 접미사이다.

슬레이트(slate) 시멘트와 석면을 물로 개어 센 압력으로 눌러서 만든 얇은 판. 지붕을 덮거나 벽을 치는 데 쓴다.

시국(時局) 현재 당면한 국내 및 국제 정세나 대세.

시나브로 모르는 사이에 조금씩 조금씩.

시앗 남편의 첩.

10월유신(十月維新) 1972년 10월 17일 대통령 박정희가 장기 집권을 목적으로 단행한 초헌법적 비상 조치.

시임(時任) 현재의 직임.

식객(食客) 예전에, 세력 있는 대갓집에 얹혀 있으면서 문객 노릇을 하던 사람. 이로 미루어 하는 일 없이 남의 집에 얹혀서 밥만 얻어먹고 지내는 사람.

식되〔食枡〕 가정에서 곡식을 될 때 쓰는 작은 되. 또는 그것을 대신하여 쓰는 그릇.

식약일여(食藥一如) 음식과 약은 그 효능이 같음.

신경림(申庚林) 1936~. 시인. 주로 농민의 한과 울분을 노래하였다. 시집에 『농무』, 『새재』, 『남한강』 등이 있다.

신날 짚신이나 미투리 바닥에 세로 놓은 날. 네 가닥이나 여섯 가닥으로 하여 삼는다.

신언서판(身言書判) 예전에, 인물을 선택하는 데 표준으로 삼던 조건. 곧 신수, 말씨, 문필, 판단력의 네 가지를 이른다.

신춘문예(新春文藝) 매해 봄마다 신문사에서 아마추어 작가들을 대상으로 벌이는 문예 경연 대회.

신통방통하다(神通-通-) 매우 대견하고 칭찬해 줄 만하다.

신행(新行) 혼행(婚行). 혼인할 때 신랑이 신부 집으로 가거나 신부가 신랑 집으로 감.

실경(實景) 실제의 경치나 광경.

실낙원(失樂園) 여기서는 영국의 시인 밀턴이 지은 대서사시 「실낙원」이 아니라, 말 그대로 즐거움을 잃어버린 공간이라는 의미로 쓰였다.

싸전(-廛) 쌀과 그 밖의 곡식을 파는 가게. 시게전. 미전(米廛).

싼거리 물건을 싸게 팔거나 사는 일. 또는 그런 물건.

써레질 써레로 논바닥을 고르거나 흙덩이를 잘게 부수는 일. '써레'는 갈아 놓은 논의 바닥을 고르는 데 쓰는 농기구로, 긴 각목에 둥글고 끝이 뾰족한 살을 7~10개 박고 손잡이를 가로 대었으며 각목의 양쪽에 밧줄을 달아 소나 말이 끌게 되어 있다.

쑥덕공론(--公論) 숙덕공론의 센말. 여러 사람이 모여 저희끼리만 알아들을 수 있을 만큼 낮은 목소리로 나누는 의논.

쑥버무리 쌀가루와 쑥을 버무려서 시루에 찐 떡.

씁씁하다 짐짓 모르는 체하며 시치미를 떼는 태도가 있다.

아쾌(牙儈) 거간꾼.

안분주의(安分主義) 편안한 마음으로 제 분수를 지키며 살자는 생각.

안침지다 안쪽으로 치우쳐 구석지고 으슥하다.

애벌 훔치다 논이나 밭을 맨 뒤 얼마 있다가 우선 대강 손으로 잡풀을 뜯어내다.

야바위꾼 야바위를 치는 사람을 이르는 말. '야바위'는 속임수로 돈을 따는 중국 노름의 하나.

양산주의(量産主義) 일단 양으로 많이 만들어 내야 좋다는 생각.

어살 물고기를 잡는 장치. 싸리, 참대, 장나무 따위를 개울, 강, 바다 따위에 날개 모양으로 둘러치거나 꽂아 나무 울타리를 친 다음 그 가운데에 그물을 달아 두거 나 길발, 깃발, 통발 같은 장치를 하여 그 안에 고기가 들어가서 잡히도록 한다.

어스럭송아지 크기가 중간 정도 될 만큼 자란 큰 송아지.

어혈(瘀血) 타박상 따위로 살 속에 피가 맺힘. 또는 맺힌 피.

언감생심(焉敢生心) '어찌 감히 그런 마음을 품을 수 있겠는가'의 뜻으로, 감히 그 런 마음을 품을 수 없음을 이르는 말. 안감생심(安敢生心).

얼김 주로 '얼김에'의 꼴로 쓰인다. 어떤 일이 벌어지는 바람에 자기도 모르게 정 신이 얼떨떨한 상태.

얼데치다→얼데쳐지다 서리가 내려서 풀잎 등이 반쯤 데쳐진 듯하다.

에멜무지로 단단하게 묶지 아니한 모양. 또는 결과를 바라지 아니하고, 헛일하는 셈 치고 시험 삼아 하는 모양.

여름살이 여름철에 입는 홑옷. 베나 무명, 모시 따위로 만든다.

여투다 모으다. 담다. 돈이나 물건 따위를 아껴 쓰고 나머지를 모아 두다.

역연하다(歷然 —) 분명히 알 수 있도록 또렷하다.

연모 물건을 만들거나 일을 할 때 쓰는 기구와 재료.

연조(年條) 어떠한 일에 종사한 햇수.

연줄(緣 –) 인연이 닿는 길. 연맥(緣脈).

열나절 일정한 한도 안에서 매우 오랫동안.

영가(靈歌) 미국의 흑인들이 부르는 일종의 종교적인 성가(聖歌).

오갈 '항아리'의 사투리.

오거서(五車書) 다섯 수레에 실을 만한 책이란 뜻으로, 많은 장서(藏書)를 이르는 말.

오금탱이 '오금팽이'의 잘못. '오금팽이'는 구부러진 물건의 오목하게 굽은 안쪽을 가리키거나, 오금 또는 오금처럼 오목하게 팬 곳을 낮잡아 이르는 말.

오롯이→오롯하다 모자람이 없이 온전하다.

오종종하다 잘고 둥근 물건들이 한데 빽빽하게 모여 있다.

오죽잖다 예사 정도도 못 될 만큼 변변치 않다.

오체투지(五體投地) 불교에서 절하는 법의 하나. 먼저 두 무릎을 땅에 꿇고, 두 팔을 땅에 댄 다음 머리가 땅에 닿도록 절을 한다.

『옥낭자전』(玉娘子傳) 조선 후기의 한글 애정 소설. 주인공 이시업과 약혼녀 옥랑의 애절한 사랑을 그린 것으로, 유학적 도덕관을 바탕으로 부부 사이의 정렬(貞烈)을 다룬 작품이다. 작자와 연대는 알 수 없다.

『옥단춘전』(玉丹春傳) 조선 후기의 한글 애정 소설. 주인공 이혈룡이 평양 기생 옥단춘의 도움으로 출세하여 자기를 홀대한 친구 김진희의 죄를 다스리고 옥단춘과 재회한다는 내용이다. 작자와 연대는 알 수 없다.

올벼 제철보다 일찍 여무는 벼.

옴팡간 방 하나와 부엌 하나만 있는 아주 작고 초라한 집을 이르는 충청도 사투리.

옹골지다 실속 있게 속이 꽉 차 있다.

완석(玩石) 수석(壽石)처럼 감상할 만한 돌.

요령부득(要領不得) 말이나 글 따위의 요령을 잡을 수가 없음. 부득요령.

용두레 낮은 곳의 물을 높은 곳의 논이나 밭으로 퍼 올리는 데 쓰는 농기구. 세 개의 기둥을 묶어 세우고, 배 모양으로 길쭉하게 판 통나무의 가운데를 매달아 그 한끝을 쥐고 밀어서 물을 퍼 올린다.

용수 싸리나 대오리로 만든 둥글고 긴 통. 술이나 장을 거르는 데 쓴다.

우리게→우리께 우리가 사는 곳, 근처.

우환(憂患) 집안에 복잡한 일이나 환자가 생겨서 나는 걱정이나 근심.

욱다 우거지다.

울력 여러 사람이 힘을 합하여 일함. 또는 그런 일.

울바자 울타리에 쓰는 바자. 바자는 대, 갈대, 수수깡, 싸리 따위로 발처럼 엮거나 결어서 만든 물건으로, 울타리를 만드는 데 쓴다.

유습(儒習) 유교적인 관습.

유신 정권(維新政權) 1972년 10월 17일 박정희 대통령이 대통령의 권한을 강화한 유신 헌법을 공포함으로써 시작된 독재 정권.

『유충렬전』(劉忠烈傳) 조선 시대의 군담 소설. 영웅의 기상을 가진 유충렬이 간신 정한담의 반란으로 항복할 위기에까지 처한 천자를 구하고 나라를 바로잡아 부귀영화를 누린다는 내용으로, 작자와 연대는 알 수 없다.

육전 소설(六錢小說) 1900년대 초부터 광복 전까지 유행한 문고본 소설. 고전 소설을 개작하거나 윤색한 작품, 번안한 작품, 번안적 요소와 창작적 요소가 섞인 작품으로 나눌 수 있다.

은진미륵(恩津彌勒) 충청남도 논산시 은진면 관촉사에 있는 석조 미륵 보살 입상. 동양 최대의 석불로, 고려 광종 18년(967)에 혜명 대사기 긴립하였다. 높이는 24.5미터.

을밀대(乙密臺) 평안남도 평양 금수산 마루에 있는 대(臺)와 그 위에 있는 정자. 평양 시내를 내려다볼 수 있다.

음풍영월(吟風味月) 음풍농월(吟風弄月). 맑은 바람과 밝은 달을 대상으로 시를 짓고 흥에 겨워 즐겁게 놂.

의뭉 겉으로는 어리석은 것처럼 보이면서 속으로는 엉큼함.

이문명로(利門名路) 이익을 구하는 문, 명예를 구하는 길.

이백(李白) 701~762. 중국 성당기(盛唐期)의 시인. 자는 태백(太白), 호는 청련거사(青蓮居士). 두보(杜甫)와 함께 '이두'(李杜)로 병칭되는 중국 최대의 시인이며, 시선(詩仙)이라 불린다. 1,100여 편의 작품이 현존한다.

이울다 꽃이나 잎이 시들다. 쇠약해지다. 해나 달의 빛이 약해지거나 스러지다.

이중섭(李仲燮) 1916~1956. 서양화가. 호는 대향(大鄉). 향토적이며 개성적인 것 화풍을 보였다. 작품으로 〈소〉, 〈흰 소〉 등이 있다.

이태(李泰)→이우태(李愚兌) 1922~1997. 소설가. 아호는 이태(李泰)이다. 지리산 체험을 바탕으로 펴낸 소설 『남부군』이 대표작이다.

인사(人事) 사람의 일.

인이 박이다 되풀이하여 버릇처럼 몸에 배다.

일매짓다 잘라 말함. 단정하여 말하고, 다시 생각 않음.

입가심 입 안을 개운하게 가시어 냄.

ㄱ ㄴ ㄷ ㄹ ㅁ ㅂ ㅅ ㅇ **ㅈ** ㅊ ㅋ ㅌ ㅍ ㅎ

자배기 둥글넓적하고 아가리가 넓게 벌어진 질그릇.

『자산어보』(玆山魚譜) 정약전이 1814년 저술한 어보. 신유박해로 인해 귀양 가 있던 흑산도에서 근해에 사는 어류의 분포·습성·형태 등을 기록한 책이다.

자유실천문인협의회 1974년 11월, 양심적 문인들이 박정희의 군사 독재에 맞서 창립한 문학인들의 투쟁 조직체.

자탄(自歎) 자기의 일에 대하여 탄식함.

잔재(殘滓) 과거의 낡은 사고방식이나 생활양식의 찌꺼기.

장되(場枡) 장에서 곡식을 되는 데 쓰도록 관아에서 낙인을 찍어 공인하여 만든 되.

장삼이사(張三李四) 장씨(張氏)의 셋째 아들과 이씨(李氏)의 넷째 아들이라는 뜻으로, 이름이나 신분이 특별하지 아니한 평범한 사람들을 이르는 말.

장쾌(駔儈) 장판마다 돌아다니며 과일이나 나무 따위의 흥정을 붙이고 돈을 받던 사람. 중도위.

장타령(場--) 장판이나 길거리로 돌아다니면서 동냥하는 사람이 부르는 속요의 한 가지. 각설이타령.

장타령꾼(場---) 시장이나 길거리를 돌아다니며 장타령을 부르던 동냥아치.

장항선(長項線) 충청남도 천안과 장항 사이를 잇는 철도. 1931년 8월에 개통되었다. 길이는 144.2km.

재삼태기 아궁이에 쌓인 재를 쳐내는 데에 쓰는 삼태기. 볏짚으로 꼰 가는 새끼줄을 촘촘하게 결어 만든다.

쟁명하다 날씨가 깨끗하고 맑게 개어 있다.

전(廛) 물건을 벌여 놓고 파는 가게.

전두리 둥근 그릇의 아가리에 둘려 있는 전의 둘레. 또는 둥근 뚜껑 따위의 둘레의 가장자리.

전인(專人) 어떤 일을 위하여 특별히 사람을 보냄. 급박한 일을 해결하기 위해 사람을 보냄. 또는 그 사람.

절량농가(絕糧農家) 양식이 떨어진 농가.

절창(絕唱) 뛰어나게 잘 지은 시.

절하다(切一) 뛰어넘다. 또는 끊어지다.

점촌(店村) 조선 시대에, 광산·도자기·유기(鍮器) 따위의 수공업장을 중심으로 이루어진 마을. 금점·은점·옹기점·사기점·유기점 따위가 있다.

접 채소나 과일 따위를 묶어 세는 단위. 한 접은 채소나 과일 백 개를 이른다.

정지용(鄭芝溶) 1902~1950. 시인. 섬세하고 독특한 언어를 구사하여 대상을 선명히 묘사하였다. 시집으로 『정지용 시집』이 있다.

제물에 저 혼자 스스로의 바람에.

종지 간장·고추장 따위를 담아서 상에 놓는, 보시기보다 작은 그릇.

졸이 거리, 수량, 시간 따위가 어느 한도에 미칠 만하게.

주릅 흥정을 붙여 주고 보수를 받는 것을 직업으로 하는 사람.

주사(酒肆) 청루(靑樓)에 문전옥답(門前沃畓) 올려 세우는 얘기 '주사'는 술집이고 '청루'는 기생이나 창녀가 있는 집이니, 술과 여자에 빠져 논밭을 말아먹은 이야기라는 뜻이다.

죽 옷, 그릇 따위의 열 벌을 묶어 이르는 말.

중동무이(中---) 하던 일이나 말을 끝내지 못하고 중간에서 흐지부지 그만두거나 끊어 버림.

중두리 독보다 조금 작고 배가 부른 오지그릇.

줴지르다 '쥐어지르다'의 준말. 주먹으로 힘껏 내지르다.

지르숙다 위로부터 무엇인가가 눌러 앞으로나 한쪽으로 기울어지다.

지루퉁하다 못마땅하여 잔뜩 성이 나서 말없이 있다.

지방(紙榜) 제사 따위를 지낼 때 종잇조각으로 만든 신주(神主).

지에밥 찹쌀이나 멥쌀을 물에 불려서 시루에 찐 밥. 약밥이나 인절미를 만들거나 술밑으로 쓴다.

질것 질흙으로 구워 만든 물건을 통틀어 이르는 말.

질고(質古) 꾸밈이 없이 순박하고 예스러움.

질곡(桎梏) 질곡은 본래 옛 형구(形具)인 차꼬와 수갑을 아울러 이르는 말이다. 비유하여 몹시 속박하여 자유를 가질 수 없는 고통의 상태를 이른다.

질둔(質鈍) 생각 따위가 어리석고 둔함. 몸이 뚱뚱하여 행동이 굼뜸. 모양새가 투박하고 둔탁함.

질타부언(叱咤敷言) 남을 꾸짖음.

집전(執典) 전례(典祀)를 다잡아 진행함.

집터서리 집의 바깥 언저리.

짚가리 짚단을 쌓아 올린 더미.

찌그렁이 남에게 무턱대고 억지로 떼를 쓰는 짓. 또는 그런 사람. 관용적으로 '찌그렁이(를) 붙다' 는 표현은 '남에게 무리하게 떼를 쓰다' 의 뜻이다.

ㄱ ㄴ ㄷ ㄹ ㅁ ㅂ ㅅ ㅇ ㅈ **ㅊ** ㅋ ㅌ ㅍ ㅎ

채마 먹을거리나 입을 거리로 심어서 가꾸는 식물.

채만식(蔡萬植) 1902~1950. 소설가. 호 백릉(白菱). 「레디 메이드 인생」, 『탁류』, 『태평천하』 등의 작품이 있다.

척연(戚緣) 가족 관계를 근거로 하는 연고 관계.

천곡만탄(千谷萬灘) 온갖 계곡과 여울. 온 세상.

천렵(川獵) 냇물에서 고기잡이 하는 일.

천리타관(千里他官) 고향에서 아주 멀리 떨어진 곳. 타향(他鄕).

천승세(千勝世) 1939~ . 소설가, 극작가. 주요 작품에 희곡 『만선』, 소설 『황구의 비명』 등이 있다.

천의무봉(天衣無縫) 천사의 옷은 꿰맨 흔적이 없다는 뜻으로, 일부러 꾸민 데 없이 자연스럽고 아름다우면서 완전하여 흠이 없음을 이르는 말. 『태평광기』의 곽한(郭翰)의 이야기에 나오는 말이다.

첩약(貼藥) 여러 가지 약재를 섞어 지어서 약봉지에 싼 약.

청승 궁상스럽고 처량하여 보기에 언짢은 태도나 행동.

청유(淸遊) 아담하고 깨끗하며 속되지 않게 놂. 또는 그런 놀이.

초립(草笠) 어린 나이에 관례(冠禮: 성년식)를 한 사람이 쓰던 갓.

초물전(草物廛) 돗자리·광주리·바구니·초방석·비·나막신 따위 잡다하고 허름한 물건을 팔던 가게.

초본 식물(草本植物) 땅 밖으로 나온 부분이 물기가 많아 목질(木質)을 이루지 않는 식물을 통틀어 이르는 말.

초천(初薦) 처음 추천을 받음.

촉고(數罟) 눈을 상당히 잘게 떠서 촘촘하게 만든 그물.

추렴 모임이나 놀이 또는 잔치 따위의 비용으로 여럿이 각각 얼마씩의 돈을 내어 거둠.

추렴새 모임이나 놀이 또는 잔치 따위의 비용으로 여럿이 모은 돈이나 물건. 또는 그런 일.

추어주다 실제보다 높여 칭찬하다. 추어올리다.

『추풍감별곡』(秋風感別曲) 『채봉감별곡』(彩鳳感別曲). 조선 시대의 장회 소설. 평양 김 진사의 딸 채봉과 선천 부사의 아들 강필성이 많은 시련을 극복하고 혼인하게 되는 이야기이다. 작가와 연대는 알 수 없다.

치먹이다→치먹다 시골에서 생산된 물건이 서울로 와서 팔리다.

ㄱ ㄴ ㄷ ㄹ ㅁ ㅂ ㅅ ㅇ ㅈ ㅊ **ㅋ** ㅌ ㅍ ㅎ

코뚜레짜리 코뚜레를 할 만하게 자란 송아지.

큰집 죄수들의 은어. '교도소'를 이르는 말.

『태평천하』(太平天下) 채만식이 지은 장편 소설. 일제 강점기의 현실을 태평세월로 믿는 주인공 윤직원을 통하여 당시의 현실을 풍자적으로 그린 작품이다. 1938년에 발표하였다.

터수 살림살이의 형편이나 정도.

터앝 집의 울안에 있는 작은 밭.

텃도지〔垈賭地〕 터를 빌린 값으로 내는 세. 텃도조.

토방(土房) 방에 들어가는 문 앞에 좀 높이 편평하게 다진 흙바닥.

투가리 '뚝배기'의 사투리.

트랜지스터라디오(transistor radio) 트랜지스터를 사용한 라디오 수신기. '트랜지스터'는 규소, 게르마늄 따위의 반도체를 이용해서 전기 신호를 증폭하여 발진시키는 반도체 소자인데, 세 개 이상의 전극이 있다.

트레방석 나선(螺旋) 모양으로 틀어서 만든 방석.

틈이다 틈새로 스며들다.

ㄱ ㄴ ㄷ ㄹ ㅁ ㅂ ㅅ ㅇ ㅈ ㅊ ㅋ ㅌ **ㅍ** ㅎ

파수(波收) 장날에서 다음 장날까지의 동안. 곧 닷새 정도의 동안을 이른다.

파이렉스(Pyrex) 1916년에 미국의 코닝 사(社)에서 발표한 붕규산유리(硼硅酸硫璃)에 붙여진 상품명. 우수한 내열충격성(耐熱衝擊性)·내구성을 지닌 특수 유리.

패랭이 대를 가늘게 깎은 댓개비로 엮어 만든 갓. 조선 시대에는 역졸, 보부상 같은 신분이 낮은 사람이나 초상을 당한 사람이 썼다.

평미레 말이나 되에 곡식을 담고 그 위를 편평하게 밀어 고르게 하는 데 쓰는 방망이 모양의 기구.

포복절도(抱腹絕倒) 배를 그러안고 넘어질 정도로 몹시 웃음.

표음(表音) 문자나 부호로 소리를 나타내는 일.

표의(表意) 문자나 부호로 뜻을 나타내는 일.

풀떼기 잡곡의 가루로 풀처럼 쑨 죽. 또는 잡곡을 갈아 물을 짜내고 다른 잡곡을 넣어 쑨 음식. 범벅보다는 묽고 죽보다는 되다.

풍각쟁이(風角--) 시장이나 집을 돌아다니면서 노래를 부르거나 악기를 연주하며 돈을 얻는 사람.

피안(彼岸) 불교에서, 사바세계(娑婆世界) 저쪽에 있는 깨달음의 세계. 또는 철학에서, 현실적으로 존재하지 않는 관념적으로 생각해 낸 현실 밖의 세계.

피천 매우 적은 액수의 돈. 노린동전.

필지(必知) 반드시 알아야 함.

ㄱ ㄴ ㄷ ㄹ ㅁ ㅂ ㅅ ㅇ ㅈ ㅊ ㅋ ㅌ ㅍ **ㅎ**

하릴없다 조금도 틀림이 없다. 영락없다.

하소 하소연. 억울한 일이나 잘못된 일, 딱한 사정 따위를 간곡히 호소함.

하이칼라(high collar) (1) 양복에 입는 와이셔츠의 운두가 높은 깃. (2) 머리털을 밑의 가장자리만 깎고 윗부분은 남겨서 기르는, 남자의 서양식 머리 모양. (3) 예전에, 서양식 유행을 따르던 멋쟁이를 이르던 말.

한갓지다 한가하고 조용하다.

한줄금 '한줄기'의 북한어.

한촌(寒村) 가난하고 쓸쓸한 마을.

해감내(海--) 물속에서 흙과 유기물이 썩어서 생긴 찌꺼기의 냄새.

해토머리(解土--) 얼었던 땅이 녹아서 풀리기 시작할 때.

행수(行首) 한 무리의 우두머리.

허균(許筠) 1569~1618. 조선 시대 중기의 문신, 소설가. 자는 단보(端甫), 호는 교산(蛟山)·성소(惺所)·백월거사(白月居士). 시문(詩文)에 뛰어난 천재로 여류시인 난설헌(蘭雪軒)의 동생이다. 대표 작품으로 소설 『홍길동전』(洪吉童傳), 『성수시화』(惺詩話) 등이 있다.

허룽거리다 말이나 행동을 다부지게 하지 못하고 실없이 자꾸 가볍고 들뜨게 하다. 허룽대다.

허릅숭이 일을 실답게 하지 못하는 사람을 낮잡아 이르는 말.

혈수할수없다 어떻게 해 볼 도리가 없다. 매우 가난하여 살아갈 길이 막막하다.

혐의쩍다(嫌疑--) 혐의스럽다. 꺼리고 미워할 만한 데가 있다. 또는 범죄를 저질

렀을 것으로 의심할 만한 데가 있다.

혜원(蕙園)→신윤복(申潤福) 1758~?. 조선 후기의 풍속화가로, 호는 혜원(蕙園)이다. 김홍도(金弘道), 김득신(金得臣)과 더불어 조선 3대 풍속화가로 꼽힌다. 주요 작품으로 『혜원전신첩』(蕙園傳神帖), 〈미인도〉(美人圖), 〈탄금〉(彈琴) 등이 있다.

홀몸 '홑몸'의 잘못. 아이를 배지 않은 몸.

홀태 벼훑이의 사투리(강원, 충청). 전남 지방에서는 탈곡기를 홀태라고 한다. '벼훑이'는 두 나뭇가지의 한끝을 동여매어 집게처럼 만들고 그 틈에 벼 이삭을 넣고 벼의 알을 훑는 농기구.

홍명희(洪命熹) 1888~1968. 소설가. 필명 가인(假人·可人)·백옥석(白玉石)·벽초(碧初). 『임꺽정』(林巨正)이 대표작이다. 광복 후에 조선문학가동맹 중앙집행위원장을 역임하다 월북했다.

활착(活着) 옮겨 심거나 접목한 식물이 서로 붙거나 뿌리를 내려 삶.

후여하다 날이 새려고 밝은 빛이 비쳐 오다.

후행(後行) 혼인 때 가족 중에서 신랑이나 신부를 데리고 가는 사람. 위요(圍繞).

훌닦다 휘몰아서 몹시 나무라다.

흘기눈 '흑보기'의 잘못. '흑보기'는 눈동자가 한쪽으로 쏠려, 정면으로 보지 못하고 언제나 흘겨보는 사람. 또는 그런 눈.

희떱다 말이나 행동이 분에 넘치며 버릇이 없다.

흰소리 터무니없이 자랑으로 떠벌리거나 거드럭거리며 허풍을 떠는 말.

시대에 발을 딛고

이문구의 소설 세계: 새로운 농민 소설

이문구는 농민 소설의 새로운 장을 연 작가로 평가됩니다. 단지 그가 자신이 태어나고 살았던 지방의 언어를 사용하였고, 농촌의 삶을 그렸기 때문이 아닙니다. 그의 소설에 나오는 농촌은 우리가 머릿속으로 생각하는 농촌과는 전혀 다릅니다. 우리가 생각하는 농촌의 상은 대체로 이중의 모습을 하고 있습니다. 그 하나가 낭만화된 농촌의 모습입니다. 그리고 이런 모습을 바탕으로 '전원생활'을 꿈꿉니다. 너른 들, 한가롭게 풀을 뜯는 소, 그리고 언제나 함께하는 자연 등. 거기에는 어떤 더러움도 고달픔도 없습니다. 물론 농촌에서 이런 모습을 찾아볼 수 없지는 않겠지요. 하지만 이런 농촌이 실제의 농촌이 아님은 물론입니다.

농촌의 또 다른 모습은 더러움과 고달픔, 찌듦입니다. 젊은이들은 모두 빠져나가고 어르신들만 남은 생기 없는 농촌, 사회가 발달함에 따라 점차 중요성을 인정받지 못하고 있는 농촌. 그러나 이 또한 농촌의 전체 모습은 아님니다.

이문구의 소설 속에서 보이는 농촌은 이 어느 것도 아니면서 또한 이 모두의 모습이기도 합니다. 산업화되는 과정에서 더 이상 전형적인 농촌이라고 할 수 없는, 그러나 농촌이 아니지도 않은 그런 농촌입니다. 작가는 그 과정에서 생기는 여러 사회적인 문제들을 놓치지 않습니다. 하지만 그렇다고 해서 그의 소설에 울분과 비애만이 가득 차 있지는 않습니다. 오히려 그의 소설 속에는 낙관적인 모습들이 넘치고 있습니다. 그가 그리고 있는 세계는 바람직하지 않은 세계이지만, 그 속에서 살아가는 사람들도 모두 전적으로 긍정적이지는 않지만, 그러나 작가는 그 세계에, 그 사람들에 애정을 보냅니다. 아니, 애정으로 바라보기에 그들의 삶이 고통스럽지만은 않습니다. 그들은 여기 아닌 다른 곳을 꿈꾸지 않습니다. 자기 땅에서 희망을 갖는 것이지요. 그리고 이문구의 소설에는 웃음이 넘칩니다. 그 웃음은 한편으로는 세상을 바라보는 넓이에서 나오며, 다른 한편으로는 작가가 이어받은 전통적인 가락에서 나옵니다. 그의 소설을 읽으면 때로 판소리의 한 대목을 듣는 느낌마저 듭니다.

문학 세계에 들기 전

하지만 이문구의 삶이 편안했던 것은 아닙니다. 이문구는 충남 보령 대천 땅에서 해방되기 전인 1941년에 태어났습니다. 아버지는 사법 서사를 하다가 농지 개혁으로 받은 땅 다섯 마지기로 농사를 짓기 시작했다고 합니다. 아마도 여기까지는 행복했을 듯합니다. 불행은 해방이 되면서부터 시작됩니다.

물론 해방 전은 식민지 시기이니 이를 행복한 시기였다고 말할 수는 없지요. 가족의 이야기로 한정하면 그렇다는 것입니다. 다들 알고 있는 것처럼, 해방 직후는 혼란의 시기였습니다. 해방은 혼란의 시기였기도 하지만 새로운 가능성을 안고 있었던 때이기도 합니다. 억압하던 일본 제국주의자들은 2차 세계 대전의 패배로 물러가지요. 이제 새로운 자주 국가를 설립하는 일만 남아 있었습니다. 하지만 새로운 자주 민족 국가 설립의 방향은 같지 않았습니다. 좌와 우가 날카롭게 대립해 있었지요.

이러한 상황 속에서 이문구 아버지의 선택은 아마도 사회주의였나 봅니다. 남로당 보령군 총책을 맡았다고 하니까요. 그리고 전쟁이 일어납니다. 아버지와 두 형은 이 전쟁의 와중에서 죽고 맙니다. 아홉 살 때의 일이죠. 그리고 6년 뒤에는 어머니마저 돌아가십니다. 이제 실질적인 가장 노릇을 하지 않을 수 없었습니다. 중학을 마친 이문구는 농사를 짓다가 무작정 상경을 합니다. 그리고 돈을 벌기 위해 행상을 비롯한 온갖 일을 합니다. 이런 일들은 쉽지 않았지만 나중에 소설을 쓸 때는 많은 도움이 되었겠지요. 물론 이문구가 소설을 쓰기 위해서 힘든 일을 한 것은 아니지요.

문학 세계에 들다

이문구는 1961년 서라벌예술대학 문예창작과에 입학합니다. 이때에도 소설가가 되겠다는 생각은 없었다고 합니다. 그저 어떻게 선생이라도 하면서 살아갈 생각이었다는 겁니다. 그런데 여기서 평생의 스승인 김동리를 만납니다. 너무나 잘 알려져 있는, 우리 소설의 한 경향을 대표하는 소설가이지요.

이문구의 습작품으로 소설 수업을 할 정도로 이문구를 아끼기는 했지만, 그렇다고 쉽게 문학으로의 길을 열어 주지는 않았던 모양입니다. 꽤 여러 번 소설을 드렸지만, 거의 읽지 않으셨답니다. 처음 한두 페이지만 보고 만 거죠. 소설이 될 만한지는 처음만 보아도 알 수 있었기 때문이었을 겁니다. 이때 사정은 몇 편의 산문에서 반복되어 나타납니다. 그만큼 이문구에게는 큰 의미를 가지고 있었던 거지요. (「초천 전후」에 보면 상당히 자세하게 나와 있습니다.) 이문구는 김동리를 평생의 스승으로 모십니다. 김동리에 대해서는 이후 많은 비판과 비난이 있었지요. 그럼에도 이문구는 이 사제 관계를 결코 저버리지 않습니다. 스승과는 반대 입장에 서서 활동을 하면서도 말이지요. 사람 사이의 관계가 어떠해야 하는가에 대해서는 여러 말이 있을 수 있지만, 적어도 이문구와 김동리의 관계가 하나의 모범이 될 수는 있으리라 생각합니다.

추천 한 번을 받았다고 곧바로 소설가가 되지는 않습니다. 추천 한 번으로 끝나는 것이 아니기 때문입니다. 두 번째 추천을 받은 것은 1966년도의 일입니다. 역시 김동리 추천이지요. 5년 만에야 두 번째 추천을 받은 것입니다. 여전히 삶은 곤궁했고, 학업과 일을 병행해야 했습니다. 공사장에서 일을 하다가 다쳐 발가락을 절단했던 것도 이때의 일입니다. 두 번에 걸친 추천이 끝나고, 1968년 잡지 『월간문학』의 직원이 되어서야 비로소 본격적으로 작품을 쓰기 시작합니다. 그리고 공동묘지 이장 공사판에서의 체험으로 쓴 『장한몽』을 1970년부터 『창작과비평』에 연재하면서 주목을 받습니다. 『창작과비평』이라면 잘 알려져 있는 것처럼 『문학과지성』과 더불어 1970년대의 문단을 양분했던 잡지이지요.

농민 소설의 새로운 장을 열다

이문구의 대표작은 누가 뭐라고 해도 『관촌수필』 연작과 『우리 동네』 연작입니다. 『관촌수필』은 1972년부터 쓰기 시작하여 1977년에서야 비로소 마무리됩니다. 그리고는 바로 그해에 『우리 동네』 연작을 시작합니다. 『우리 동네』 연작은 1981년에 끝납니다. 『관촌수필』에서 시작해 『우리 동네』에서 끝나는이 일련의 작업이야말로 이문구 작품 세계의 핵심입니다. 농민 소설의 새로운 장을 열었다는 평도 여기서 연유하고요. 이후 『나는 너무 오래 서 있거나걸어왔다』에 실린 연작도 이 연장선 위에 있기는 하지만, 『관촌수필』이나『우리 동네』만큼 큰 의미가 있지는 않다고 보입니다.

『관촌수필』과 『우리 동네』 연작이 이문구의 대표작이자 우리 문학사에 남을 작품인 데는 여러 가지 이유가 있습니다. 우선 두 작품 모두 체험을 바탕으로 씌어진 소설입니다. 물론 체험만이 소설 평가의 기준이 되지는 않습니다만, 그래도 소설을 쓰는 데는 반드시 필요한 것이지요. 체험에서 오는 진실성은 다른 어떤 것과도 바꿀 수 없기 때문입니다. 그러나 이보다 더 중요한점은 이문구가 그리고 있는 농촌이 당대 우리 사회 문제의 핵심에 있었다는점입니다. 남북이 갈리고 전쟁으로 황폐해진 남쪽의 삶의 기반은 농촌이었지요. 그러나 경제 개발 계획이 발표되고 전투적인 산업화가 진행되면서 농촌은 매우 큰 변화를 겪게 됩니다. 농업이 경제의 중심에서 변방으로 밀려 나가게 되는 것이지요. 농촌은 그러므로 흔히 '개발 독재' 라고 이야기하는1970년대의 희생양이 되었던 것입니다. 이를 산업화에 따른 필연적인 결과라고 말할 수 있지만, 지금 우리의 삶이 바로 이들의 희생 위에 서 있는 것은 부정할 수 없겠지요. 이문구가 그리고 있는 농촌의 삶은 앞에서도 말한 것처럼 '전원생활'이 아닙니다. '근대화'는 농촌을 점차 변방으로 밀어 버리고 있었고, 농민들은 그것을 원하지는 않지만 받아들일 수밖에 없었습니다. 바로 이 주변으로 밀려가고 있는 농촌의 삶이 이문구가 그렸던 세계입니다. 그 속에는 필연적인 역사적 흐름이 보입니다. 아무리 이문구가 농촌을 사랑한다고 하더라도(「18년 만의 귀향」 같은 글에서 잘 나타납니다.) 그 흐름에 눈을 감지는 않았습니다. 바로 이 점이 이문구가 우리 시대의 뛰어난 작가인 이유입니다.

시대의 역사 속에 살다

이문구의 소설은 읽기가 쉽지 않습니다. 특히 『관촌수필』의 경우 그렇습니다. 어린 시절 『관촌수필』 한 페이지를 읽는 데 한 시간이 걸렸던 기억이 있습니다. 너무나도 낯선 어휘가 많았기 때문이지요. 그 지방 사람이 아니고는 완전히 해독하기 어려운 지방어로 씌어진 작품이 바로 『관촌수필』입니다. 심지어 『이문구 소설어 사전』이 나올 정도니까요. 표준어가 대세인, 아니 표준어가 강제되는 우리나라에서 지방어로 글을 쓴다는 것은 예삿일은 아닙니다. 거기에는 표준어의 강제 속에 내포되어 있는 획일성의 논리, 개발 독재의 그림자에 대한 저항이 있습니다. 자신의 언어를 잃어버린다는 것은 정체성의 일부를 잃어버리는 것과 같지요. 말이라는 게 역사성과 사회성을 가지고 있음은 이미 다 알고 있지요. 표준어의 강제 속에서 지방어를 고수한다는 것은 바로 지방이 가지고 있는 고유의 역사성과 사회성을 버리지 않겠다는 의지로 해석할 수 있습니다. 사실 많은 작가들이 그래 왔지요. 단지 생생한 구체성을 획득하기 위해 지방어를 사용하는 것은 아닙니다. 지방어가 아니면 표현될 수 없는 무엇이 있고, 그리고 그 무엇의 핵심에는 그 지방 사람들의 정체성이 있다고 할 수 있습니다. 그런 점에서 생생한 구체성으로 삶을 표현하는 소설이야말로 가장 자유로우며 또한 가장 저항적이라고 할 수 있겠습니다. 우리가 지금 보아야 하는 것은 바로 이 점이 아닐까요. 그가 그리고 있는, 어쩌면 이제는 과거사가 되어 버린 농촌의 삶보다도 말입니다.

이문구를 주저 없이 "시대의 역사 속에 살다 간 소설가"라고 말할 수 있는 것도 이 때문입니다. 자유실천문인협의회 일도 하고(1974), 『실천문학』을 창간한 일(1985)의 근간도 여기에 있다고 보입니다. 그는 우선 소설가였고, 마지막까지도 소설가였고, 그리고 그 자리에서 우리 역사의 한 시대를 끌어안았던 작가였습니다. 우리는 어떤 누구도 그대로 모방할 수는 없습니다. 각기 다른 장소, 다른 시간 속에 살기 때문입니다. 그러나 삶의 방법, 삶을 대하는 자세는 모방할 수 있습니다. 그리고 그 대상의 하나로 이문구를 놓아둔다고 하더라도 큰 무리는 없을 듯합니다. 소설가가 되지 않더라도 말입니다.